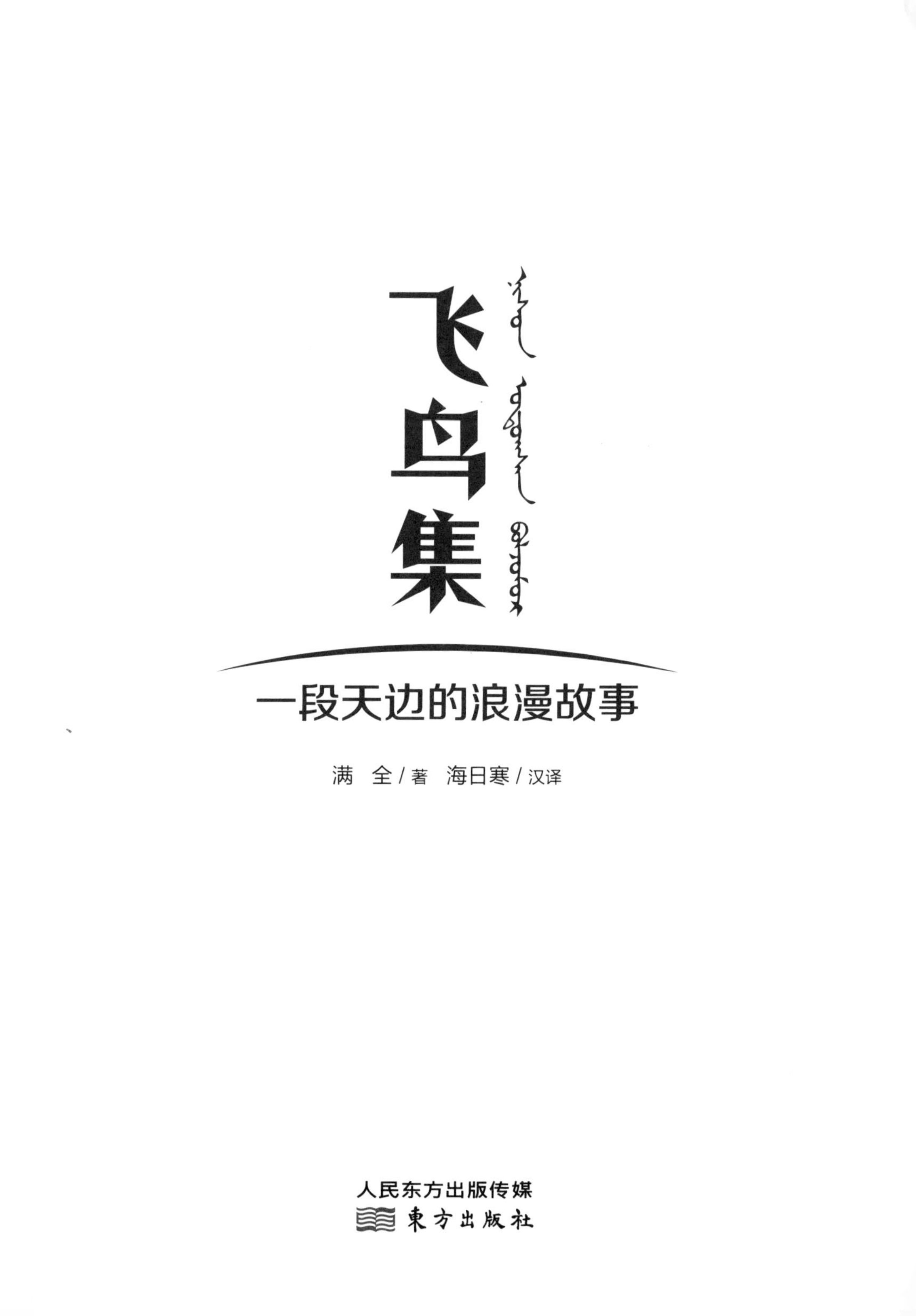

飞鸟集

一段天边的浪漫故事

满　全 / 著　海日寒 / 汉译

人民东方出版传媒
東方出版社

目　录

诗化宇宙的想象性建构　海日寒　/ 1

飞鸟集：一段天边的浪漫故事　/ 1

诗外札记

亨土什洼地与嘎达利王国　照日格图　汉译　/ 146

嘎达利王国的传说　/ 148

后人的三种猜测　/ 176

诗化宇宙的想象性建构

——满全大型散文诗《飞鸟集：一段天边的浪漫故事》的一种阐释

海日寒

初读满全大型散文诗《飞鸟集》时其时空容量让我想起“诗化宇宙”这个词。《飞鸟集》绝不同于一般的诗歌作品，它是作者对宇宙与时间的想象性重建与诗性阐释，让人很容易联想到《圣经》《神曲》等“大诗”。如此大的抱负与雄心，可能在蒙古族诗歌史上是第一回，需要我们认真对待，并做深刻研讨与解读。下面我就《飞鸟集》的文化内涵做一些浅陋的解读。

一、宇宙的神话模式

《飞鸟集》的作者思接千载，目及八荒，以极大的勇气和魄力建构了一种独特的宇宙结构，并通过这一结构表达了自己对宇宙、世界、历史、生命、人生的理解与阐释。但是，这一宏大的结构并不出现在诗歌表层叙事中，需要我们从作者提供的蛛丝马迹，追寻其想象逻辑，探入作品内部，重建潜在的想象结构。我们可以从时空结构及世界秩序两个方面来解读其宇宙结构。

（一）时空结构

《飞鸟集》的深层叙事是时空故事，飞鸟即是时间意象。就像中国古典诗歌中“雁”代表时间一样，蒙古族民歌中雁与鸟同样表征了时间的流逝与生命的轮回（如《老雁》《老人与雁》等）。在现代诗歌中飞鸟依然是时间意象[①]。当然与时间难舍难分的是空间意象。长诗的时空结构有两个来源，一是佛教三劫模式，由过去的庄严劫（长诗中的特洛伊与旧嘎迪立国故事）、当下的贤劫（长诗中的新嘎迪立国）和未来星宿劫（未知劫）组成；蒙古族神话传说继承佛教衣钵，以燃灯佛、释迦牟尼佛和弥勒佛分别代表过去、现在和未来世界。另一个即现代科学时空结构。长诗将英国科学家霍金在《时间简史》[②]中提供的多维时空理论融进佛教三劫模式中，建构了自己诗性的、神话的，也有科学根据的宇宙时空结构。

1. 潜在的时间故事

长诗中的时间由两个故事组成，即西方故事和东方故事。（1）西方故事。长诗如《圣经》或蒙古族英雄史诗一般讲述了创世纪的故事。宇宙于无中生有，

① 王洛宾编著歌曲《青春舞曲》："我的青春小鸟一样不回来"；蒙古国诗人热·却诺木《青春》诗中写到"飞鸟影子一般呼啸而过的朱红色的青春"（《热·却诺木的诗选》，内蒙古文化出版社 1991 年版）。

② ［英］史蒂芬·霍金：《时间简史》，吴忠超、许明贤译，湖南科学技术出版社 1988 年版。

首先创生了天空和大地，再有了须弥山和乳汁海，更有了动物和植物，等等；随后，讲述人兽不分的愚昧时代，人与动物群居杂交，你我不分；在第三阶段终于有了人类，这时世界黯淡无光，人会自身发光；第四阶段两性始分，长诗中描述为大地上覆盖了黑色和白色的花朵，吞食了黑色花的人成了男人，吞食白色花的人成了女人；第五阶段是政权形成的时代。两性出现后，世界淫靡，天下大乱，于是亚历山大大帝出现，给世界予以秩序。国的建立需要三件宝物，即：玉玺——权力的象征；宝剑——武力的象征；长生水——生命的象征。亚历山大大帝率领无敌勇士从世界三极寻来三件宝物，建立新的秩序，国家得以稳定。这是人类远古世界创生与形成的历史过程。但在第六阶段，国家灭亡，秩序崩坏，世界又一次跌入万劫不复的劫难。长诗认为欲望、战争和种族仇恨导致了远古秩序，即特洛伊帝国的灭亡。饮用了长生水的亚历山大大帝是不死的，他从西方流浪到了东方。(2)东方故事：东方本来有个旧嘎迪立国，但从天而降的灾难将它埋入地下，外星陨石变成了巨大的乌龟，而新嘎迪立国建立在这只乌龟脊背上。所以第一个东方故事应是旧嘎迪立国灭亡的故事；第二个是建立在乌龟背上的新嘎迪立国的故事，被描述为人与自然和谐共处的天堂国度，那里“自然是人的延伸，人是自然的延伸”[①]；在第三阶段，新嘎迪立国也走上了灭亡之路。根据长诗的描述，欲望的膨胀是其原因。嘎迪立国人找到了一个宝葫芦（即“潘多拉之盒”），打开的瞬间荣誉、自由、力量、智慧、爱情、疾病、威胁纷纷外逃，匆忙盖住时里面只剩下了欲望。这使嘎迪立国人沉浸在强烈欲望之中。地下的乌龟蠢蠢欲动，天劫就在眼前。这时章古来可汗（即亚历山大大帝）命勇士斑布来去寻找能够建立新秩序的三件法宝：玉玺、宝剑及长生水。斑布来骑上骏马向西北方向飞奔而去，不知过了多少年，到此长诗走向结尾。拥有不死之身的章古来（即亚历山大大帝）是不会死的，他在世界某个角落继续流浪着。到此，西方与东方的故事均已结束，未来的故事即将开始。长诗的时间故事

① 《飞鸟集》，内蒙古人民出版社 2015 年版，第 217 页。

实际上是人类历史或人性历史的象征性表述。

2. 潜在的空间故事

长诗所展示的空间与藏传佛教三界模式基本一致，在下界有十六层地狱，八个热狱和八个寒狱。诗人“我”带领着一位热恋的美少女从地狱开始漫游，慢慢向上攀升，进入欲界的四个大洲，再穿过十七重天界，最后进入极乐世界。诗人在这里提供的充满宗教色彩的神话空间，不禁让人想起但丁的《神曲》[①]。《神曲》中，古罗马诗人维吉尔带着但丁，从下至上度过九层地狱和七层炼狱，再穿过九层天界，最后到达三位一体的上帝面前。《飞鸟集》的作者很有可能受到了但丁《神曲》的影响。

需要补充的是，上述37层空间结构即是物理空间，更是心理空间。地狱象征着人类心魔，欲界代表着红尘俗世，天堂是大慈大悲的佛界的象征。佛教教义认为，每个人都可以通过个人修为修炼成佛。成佛必先除去恶念，再断俗欲，一心向善，待到大彻大悟

① [意] 但丁:《神曲》，朱维基译，上海译文出版社 2011 年版。

之时人即是佛。长诗的空间故事实际上是人性炼狱的故事，人个体通过修炼升华，抵达彻悟的过程。

（二）世界秩序

秩序让人成为人，让社会成为社会。俗话说，没有规矩不成方圆。如果没有秩序，六道之中的芸芸众生将无法安生。那么秩序如何实现？长诗作者强调了三种力量。

1. 三种力量：即代表权力的玉玺，代表武力的宝剑，代表生命的长生水。失去这三样政权会覆灭，得到这三样新秩序会形成。所以，人类会不断地去寻找它们。这是人类社会寻找、建构、破坏和重建秩序的象征性表述，可以理解为是人类社会不同社会制度形成、腐朽、反抗、革命和建立新制度的诗性展示。

2. 寻找主题：在世界秩序建构与崩坏中，显现出长诗更深层的意义，即寻找主题。这让我们联想到歌德的史诗性戏剧《浮士德》[①]。浮士德从爱情、政治、

① ［德］歌德：《浮士德》，钱春绮译，上海译文出版社 2007 年版。

实业和古典美四个方面探索生命的意义。而《飞鸟集》作者在长诗中构建了蒙古族式的新型寻找主题模式，强调了“旧秩序的崩坏，新秩序的建构和不断寻找”主题。生命的意义就在于不断寻找，这是长诗所体现的最深层的主题。

3. 三段论式的总结构：长诗的宇宙结构，一是佛教三劫模式，二是霍金多维时空论。在此宇宙模式中万物共存，过去、现在与未来可以自由穿梭。其总原则是佛教哲学的三段论，生极是死，死极再生。“成——破——成 / 聚——散——聚”是作者有关宇宙存在的基本想象。

二、象征与典故的世界

满全的《飞鸟集》展现了一幕宏大而神奇的想象世界，其突出的艺术特色便是象征与典故的高密度使用，这使得该诗体现出异常丰富而复杂的文化内涵。

(一)象征

《飞鸟集》中的飞鸟象征着什么?笔者认为,它是永恒的爱和生命的象征。爱与生命是同一事物的两面,爱是生命的源泉,生命是爱的延续。为什么说飞鸟是生命的象征呢?在蒙古族神话中有燕子口衔长生水来解救人类的典故。所以在潜意识中飞鸟与永恒生命便有了深层关联①;另外,男性生殖器在蒙古语俗语中也被称作“鸟”;流传在蒙古地区的印度戏剧《月鹃传》②中也出现过王子灵魂附体到月娟鸟身上的例子。很明显,长诗套用了这一典故。此外,长诗中出现了很多有关生命的二元对立模式:如欲望/秩序;男/女;阴/阳等。作品的主线是三世的爱情故事,讲述了过去世十夫长与公主的爱情故事;现世的浪漫诗人与美少女的爱情故事;未来世中的白鸟与绿鸟的爱情故事。这都是二元对立与三段论的象征性表现。

① 当然这是一种潜意识显现,作者未必能清晰地感知到。

② 策·达木丁苏荣主编:《蒙古古代文学一百篇》,内蒙古人民出版社1979年版。

此外，高密度出现的附体、转世、变幻等母题都与佛教式的生命意识有关。

（二）世界性的典故体系

作品中出现的典故涉及蒙古、东方和西方，表现出世界化趋势。笔者匆忙统计了一下，暂时找到40多个典故。如蒙古创世神话、西方金枝典故、亚历山大大帝典故、潘多拉宝盒典故、偷食禁果典故、九十九只黑羊典故、太阳神阿波罗典故、印度教创世纪神话、哈萨尔射杀巫婆典故、白鹤变美人报恩典故、独角兽典故、独眼巨人典故、乌龟背上创世典故、亚瑟王宝剑典故、泰戈尔飞鸟集等（这些有待日后作详细解读，在此暂不讨论）。

以上典故的来源可以归纳到三个体系中，即：

1. 蒙古族文化与佛教体系

长诗所建构的空间三界和时间三劫模式主要来自于佛教及蒙古族的文化信仰。蒙古族神话传说在诗里也有多处体现，如人体发光，食用黑色花和白色花等。此外还糅杂了印度教的一些神话和传说，如有关印度教三大主神婆罗门、湿婆和毗湿奴的内容。

2. 亚历山大大帝——索拉哈尔乃小说体系

东西方很多国家民族中都流传着亚历山大寻找长生水的故事。该故事被收编到《亚历山大》《伪格里斯潘书》《亚历山大历史记》《帝王传》等文学作品或史记中。有个变体在回鹘蒙文残篇中有幸流传下来，被收录进策·达木丁苏荣先生主编的《蒙古古代文学一百篇》中。一个很有趣的现象是亚历山大大帝在世界的四个维度中展开了追寻的历程。当我再次翻阅《蒙古古代文学一百篇》时感到非常惊讶，如果蒙古人是这篇作品的作者的话，那将是非常神奇的一件事。亚历山大（即索拉哈日乃）的追寻比浮士德的追寻体现出更为抽象，更为形而上的特性。《飞鸟集》作者非常巧妙地将这一故事重新编排，让亚历山大去攀登陡峭的须弥山，潜到乳海的海底，走到世界的尽头，勇闯暗界寻找长生水。这与《蒙古秘史》等蒙古史记中记载的圣主箴言“至深至远，探寻无穷”如出一辙。所以“至深至远，至高至未来，探寻无穷”即是新的“蒙古浮士德精神”，《飞鸟集》体现了这一精神。

3. 古希腊体系

古希腊体系主要体现在潘多拉宝盒故事中。长诗借用潘多拉宝盒故事的外壳，将古希腊人有关“人”的观念融进整个故事中。该观念认为，欲望是生命的第一动力，但又是毁灭生命的破坏力量①，这一观念在西方自古希腊直到现代都有所表现。世界兴旺时欲望也开始膨胀，然而欲望过于膨胀后会带来毁灭。这一西方思想传统对作者有深刻影响。

三、抒情与叙事

《飞鸟集》在诗学方面也有明显的特色。有评论者认为，该长诗跳跃性很强，结构过于松散，没有连接全诗的自始而终的主线。但笔者认为，也不尽然。长诗之所以给人松散的错觉是因为它将抒情与叙事人

① 郑克鲁等主编:《外国文学史》(第三版)，高等教育出版社 2015 年版。

为割裂开来导致的。巴·布林贝赫先生曾提出“用抒情的方式叙事”[①] 的著名观点，这是关于抒情与叙事关系的经典论断。但在《飞鸟集》中作者把二者分开了。阅读长诗的抒情主体部分时，会很难猜到后面的叙事内容；只有把后面的叙事内容读透了，再返回抒情部分，才能理解它们是不可分割的有机统一体，缺一不可。若不这样对照着反复阅读，长诗的深层内涵是很难把握的。说到这里，我又想起著名现代诗人艾略特的《荒原》[②]。《荒原》发表后引起轩然大波，几乎所有人都没有读懂。无奈之下，艾略特给长诗追加了几十个长长的注释，大家方始开悟其中的玄秘奥妙。但《荒原》的隐秘并未被悉数破解，人们至今还津津有味地解读着它[③]。《飞鸟集》在抒情散文诗后面附了一部中篇小说作为长诗的注释，这是一种创新，也是

① 巴·布林贝赫：《是抒情？还是叙事?》，《内蒙古大学学报》（蒙古文）1985 年第 3 期。

② 艾略特：《荒原》，转引自刘象愚选编：《现代主义文学作品选》，高等教育出版社 2002 年版。

③ 艾略特：《荒原》，转引自刘象愚选编：《现代主义文学作品选》，高等教育出版社 2002 年版。

一种新奇的探索。该如何看待这一探索呢？是成功？还是问题？有关这一问题，暂时还不能下结论，有待进一步探究和观察。

飞 鸟 集

一段天边的浪漫故事

这是一段关于前缘、今生和来世的故事……

这是一段关于公主与十夫长，绝色佳人与浪漫诗人，绿雀儿与白雀儿的故事……

1.

你是远去的飞鸟

浩渺苍穹宽如袍襟之时
黄金厚土微如手掌之时

草色黄羊生如幼崽之时
轻健野驴诞似嫩驹之时

须弥神山好似丘陵之时
奶海重洋如同泥洼之时

在连绵山梁的向阳之坡
在纵横沟壑的交汇之处

在八条河流的发源之地
在八十个裂谷的衔接之处

你我因天造地设而连理
你我因阴阳交会而比翼

2.

带着心爱的山水、草木、河流、飞虫
向着浩渺天际消失的
一段古曲

比思念还要漫长，比思念还要沉重

哦，当我将生命的美艳涂画在大地的胸膛
从十指间纷飞而出的绝妙诗篇
将是辉煌夜晚的史诗
将是灿烂巨蟒的传说

3.

我是一朵永恒的玫瑰从你眼中盛放
纯银的明月
独自在河水的浅岸上惆怅，彷徨……

河水欢快地聒噪着
晚霞像一片曼妙的薄纱轻轻飘落
只有蝈蝈的咏叹调编织落寞的原野

只听得骏马长嘶，风儿轻扬，狗儿欢吠
手中的宝剑孤零零犹如叹息
你不知道：我今生的使命便是吟唱伟大的史诗

4.

门前的那棵老槐树郁郁葱葱
把我如歌的妙龄，如梦的幻想席卷而去
飞向云的深处
当我幻化为金枝树、银枝树
在你手掌上摇曳

盛夏温馨的雨露便喷泻而下

用湿润的水唇亲吻我的青青绿叶

5.

永不熄灭的一道神光在天边闪耀嬉戏

在舒缓的山谷阳坡

披着朦胧的秋夜

我为你讲述一段远古的故事时

你温柔的目光像清澈的湖水顾盼生辉

情爱的绿光神鸭就是你吗

6.

在冥远的特洛伊古城

有一位十方圣主

亚历山大大帝——为了给你讲述这个故事

我从豆蔻年华的神奇草原深处

像一曲悠扬的水声

向着远古的沙海潺潺流去

7.

沙海

无边无际

我伫立在昏黄的夜幕下独自忧伤

只见一匹红狐

从古堡的废墟中蹿出

化作一道霞光

融入大地深处

8.

在史前的洪荒时代

人变化为兽，兽变化为人

人与禽交媾，禽贪恋着人类

当我书接上回，继续讲述我的故事时

你迷人的双眸闪烁着欢乐的灵光

照亮了山林、峡谷和无边无际的暗界

你黑亮的长发

如天上飘洒的瀑布

9.

娴静的明月飘摇而来

顽皮的清风翩跹而来

蒙蒙的细雨泼洒而来

10.

折叠每一个季节

和蝴蝶梦一起

送给你时

黄昏是我远行的去处

黑夜是我全部的方向

打点每一条流水

和花香一起

送给你时

春风是我远古的冲动

帝国是我全部的信仰

11.

捡拾天上的流云

和雨季一起

送给你时

大陆是我生命的形式

露水是我全部的话语

数点四面的清风

和海的梦一起

送给你时

骏马是我永远的安达

利剑是我愤怒的呐喊

12.

没落帝国悲伤的废墟

从梦想开出的金枝的夜晚

将你所有的美丽

合着我优雅的兴奋佩戴在胸前，你经过生命的荒漠

你是滔滔洪水

你是旷野篝火

你是阿尔卑斯的雪花

你华贵的裙裾迎风招展

山峦回荡的旋律伸向天际

你翻滚的长发笼罩着晴空

无边的大海是一滴泪珠奔波千里

13.

在寒霜的夜晚

我独自一人流浪在荒远的戈壁

你是皇帝的女儿，帝国的公主，绝世的美人

啁啾的金雀儿银雀儿

挺拔的金云杉银云杉

你的茅草屋，你的泪童话，你的传奇故事

14.

坐享珍馐美味玉液琼浆的午后

数不尽的联想翩跹飞来

将你浣洗干净的思念之夜剪去

没入不知名的远方

春天的暖阳像一位陌生的路人哼着小曲儿攀爬紫色的

“盟约之山”

“盟约之山”

在雨中恍惚，在风中摇曳

十夫长射出的猛箭

在远处呼啸

当我轻轻问你生命的一轮有多长

你欢快的笑声在光之外，在时间彼岸久久回荡

口衔一滴长生之水的金鹰不知飞向何处

远行人告诉我

阿尔戈的英雄们去寻找传说中的金羊毛了

15.

在远古的特洛伊市民之中

有人贪恋动物和植物

误食了从地里长出的白色奇花，因而身上的神光顿时

消失，世界变成了暗界

故事说到这里，只见

天之外海之遥

有一匹红狐化身一道霞光

绚丽夺目的丁香花变成歌谣

淹没在大地上

消失在远空中

16.

黑暗，深邃的黑暗

凤凰展翅也飞不出的黑暗

黑暗，深邃的黑暗

猛士的怒吼也穿不透的黑暗

17.

失去光芒的人类

充满悔恨，充满恐惧，充满悲伤

光焰熄灭后黑暗如大洪水从四面八方汹涌而来

18.

当我向你倾诉：你是我永恒的光华

你温润白皙的脸颊如仙乐泛起红晕

那光华将我的生命弹奏，将我的宝木巴弹奏，将我前世的情缘弹奏，将我金色童年的回忆弹奏……

19.

生活在暗界的人们
披着无尽的黑暗
并以黑暗为借口
在无休止地淫乱、放荡、苟且交媾
在无休止地征伐、混战、互相残杀

数不尽的恶行堆积如山
铺天盖地的罪孽从棺椁中逃出
覆盖了大地，弄脏了山峦，污染了天空

黑暗消失之日即太阳升起之时

20.

多食大地膏腴之人成为丑人
少食大地膏腴之人成为美人
说到此处你温娇艳的嘴唇上阳光灿烂，月光朦胧，
清风跳荡

21.

欲望是可怕的敌人

欲望是永不满足的生命动力

欲望是蠢蠢欲动的蟒蛇

22.

细雨飘洒的

祥和的早晨

当特洛伊市民们从悲伤的梦境中醒来

大地膏腴的奇异白色花突然消失了

后世的史传都将此花儿记录为罪孽之花，女阴之象征

说到此时四面八方的水儿麇集而来，从窗外探听我的故事

23.

美人原是罪孽之花吗？你问

美人是世间之光，欢乐之源，幸福之歌。我回答时

你流瀑般的黑发高高飘扬笼罩了山河

24.

细雨飘洒的

祥和的早晨

当特洛伊市民们从美好的梦境中醒来

上天膏腴的奇异黑色花开遍了大地

25.

特洛伊市民兴高采烈，欢歌劲舞

贪恋者竞相捡食，其味诱人，铺遍大地

26.

贪恋白色花者成为了女人

贪恋黑色花者成为了男人

随之淫荡、饕餮、偷盗、杀戮，形形色色的恶行如瘟疫般蔓延

被称作亚历山大的人应时而生

剿平十方，成为安乐帝国的猛狮之王

27.

远古的一支利箭

或许是大地的英雄史诗

灰色骏马诞驹的地方

或许是勇士葬身之所

28.

当我在晨光中醒来，你晶莹的微笑在我蓝色的纱窗上欢跃如调皮的儿童。你将如水的手臂轻轻摇曳，在晨昏之界幻化为一缕烟霞，从我草庐顶上飘摇而去

山崩地裂

我将自己生命的每个瞬间仔细整理

想谱成一曲思念之歌

写成一篇浪漫传说

如青鸟向你放飞而去

29.

漫天飞舞的生命之歌

在你远去的足印之上

盛开为一簇簇温郁的玫瑰

我独坐在高高的金云杉之下，倾听大地的呼吸

在感伤之雨洋洋洒洒，将我的草帽淋透之夜

前世的你——痴情公主

将我的情愫狂烧为燎原烈火

飞向水的那一方

30.

风的轻柔

雨的缠绵

雪的温婉

岁月，如巨蟒的传奇

坐在睡榻之侧——翻阅岁月的断简残篇

宇宙尽头有一株盛开的丁香树发出奇香，四溢弥漫

温馨让大地陶醉，开怀大笑
温馨让森林陶醉，欢欣狂舞
温馨让海洋陶醉，浩浩荡荡

31.

讲述永恒传说的傍晚在我泪光中决堤
村人告诉我你泛滥的黑发将我的草庐，我的浪漫花园，我的王国全部覆盖
成群的乌鸦嘎嘎直叫，喧嚣沸腾了一阵
便化作一片黑色的旋风从海角上空席卷而去

32.

清新明媚的春早
当我从草地上穿过
远古时期的城垣废墟
弹奏着古代英雄们悲壮的故事，那故事迷人、古雅、清滟

33.

我记得在一望无际的旷野尽头

在天与地衔接的冥远的天际我们誓约相会

只见一群美雀儿洒下一路啁啾，从头顶飞过

亚历山大的

十万大军

翻过阿尔卑斯山

那先锋部队的十夫长就是我

记得这是我早就告诉过你的

34.

我看见在樱花树下等待美人的大地

在风中

解开了衣扣

雨季纷纷赶来与路旁的老槐树攀谈旧事

35.

你是神话的女儿，永远的金雀儿，明月的女人

你明媚的笑声
从门窗的夹缝溜了进来
将古老的故事，镇国玉玺和悬挂在墙上的宝剑轻轻抚摸

36.

从生命深渊喷薄而出的黑暗冲动
将山水、帝国和一切都席卷而去，这是路人告诉我的

37.

梦想的真诚
将我
永远放逐
在远方，星光闪耀
在远方，犬吠阵阵，骏马嘶鸣，哭喊声隐隐约约

38.

在海边金色的沙滩上我等了你一千年

日升起，又落下

草青青，又枯黄

鸟飞来，又飞回

风呼啸，又安静

月圆圆，又弯弯

一切在轮回变换，只有我是宇宙唯一的信念，在海岸上站成孤崖，永远向你的方向生长

39.

我曾发誓

当陶德来鸟（精灵鸟）在奥德莱树（精灵树）上鸣叫

当雪色花儿绽放

散发出鲜血的芬芳，那时我们在海边沙滩上相会

当葱郁的夏季在蓝莹莹的海水中梳洗，赤裸裸躺在

绸缎般柔软的金沙上尽情放荡，牛郎从远处山坡上
望着这一切暗自陶醉

40.

夏季是美艳少女，大地的情人
生命生生不息的原始冲动就是夏季，就是你

窃去我温存之夜的古老的风
孤零零盘坐在阿尔卑斯山顶默默等我，这是远行人
告诉我的

手中的宝剑隐隐嘶鸣
给我指引方向

我是先锋部队的十夫长

41.

你是远行的飞鸟
你是雨季，熟透的水的梦想，沉思的浪漫曲

洪荒的大漠
一群黄羊飞驰而去
宛若思念你的古琴急骤铿锵
当你的美艳躯体
盛放成花色夜晚神奇的玫瑰
我从遥远的未来冰岛之上如光飞来

我躺在雪原上
谛听着白鹿的传说
霜花与雾凇装饰了整个大地
世界如冰雪的童话

42.

向西望去
西山上的枫叶
嫣红如血

望着那一片
红得漫透，红得悲伤的

枫叶，我竟无语凝噎

我是最后一位浪漫主义诗人

不久就可能飘落的红叶

为我讲述大地的故事

往事不再来

从宇宙深处烈烈呼啸而来的流星就是我

关于你的联想

或者

想象

如风在红叶间消失

43.

清晨醒来

花衣喜鹊

在我门前的老槐树上声声欢叫

吉祥的祝福

覆盖了我的草庐

只有风像黄羊羔在山谷里欢跳，它不懂得忧伤

四野空阔，烟雾缭绕

被风吹散的时间之碎片

在旷野中随风游荡

只有吞噬了幸福安康的莽古斯①

化作一阵旋风转眼不见

44.

卷走阳光、空气和欢声笑语的

缠绵之夜

在遥远的昆仑之巅赤身躺着

无所顾忌

先锋部队的十夫长就是我

手中的利剑

① 恶魔。

遥指去向

就算失去世界也不会失去你的

我的公主

45.

采一朵金莲

含情注视着你的双眸

把它轻轻佩戴在你馨香的胸前时

你开心的笑声在天之涯海之角山峦之巅回荡

哦，我的公主

46.

我是永恒之爱的故事

向你

无底深渊似的

明眸深处荡漾

我的美人

我是银色的恋恋风尘

向你

无声翠谷似的

呼吸深处招展

我的美人

我是仁慈的爱之圣水

向你

无边碧海似的

心胸深处泛滥

我的美人

47.

在那个如水轻柔

如山间野鹿般自在的夜晚

坐在西日塔拉[①] 芳草地深情对视时

月华

① 地名。

穿过我全身的感官

轻轻覆盖了

静谧的杭盖、青青芳草和心中的万千牵挂

静谧像一曲无限温柔的轻音乐

安抚着草地、云彩、山峦、湖泊、戈壁和茕茕独立的

黄昏

你如风

如雪

如云

如雨

如雾霭的微笑化成一叶银舟

在烟波浩渺的生命之海孤独远航

你是我心爱的白雀儿

我是你从远古的史诗帝国穿越而来的浪漫诗人

48.

久久坐在如雪盛开的杏花林中

时间

与淘气的风儿玩过家家游戏

恍惚记得我曾问你：杏花为谁开得如此绚烂夺目

我说冬天就是夏日的情人时

在你耳环的银光中，世界、童年和幸福如马驹般欢腾

在前世，同样在此杏花林

与你一起采摘熟透的黄杏

记忆中的一切是那么恍惚也是那么真实

在偷尝爱情红果的夜晚

冲动是猛虎，燎原烈火，凶恶的莽古斯和汹汹大洪水

49.

我说落雨了

你不语

宫墙后的远古黄昏犹如千年孤独

栅栏前的火红玫瑰犹如万世情爱

三弦琴湿漉漉的曲调
宛若从你眼中洒落，悲凉如雨

时间于大地之上分叉生长

白花花，遍地奔跑的雨滴
转瞬间化作白蛇追随真情一闪而逝

自地壳之中生长的永不枯竭的故事是我
如火山的喷发
在后世的彼岸，未来的世界，来生的青青庭院中等你

50.

如汗血马嘶鸣
如金色云杉飘香的午后
在草庐清凉的浪漫翠荫下
继续讲述我的远古故事时

你温柔清澈的双眸如水如风如梦

话说——
亚历山大大帝
率领十万勇士
穿越沼泽原野、恐怖戈壁、金色沙海，向着暗界进军
此时，你飞瀑般的黑发
在晚风中轻轻飘扬
笼罩着四面八方

暗界在何处？何时能够到达？一路上询遍所有人却
没有确切答案

翻过大山
蹚过江河
越过草地，穿过森林

一日到达火红的胡杨林，正在安顿军马时，忽然从
天之涯海之角飞来一只灵鸟传达了神谕：暗界在太阳

落下的方向

51.

哦，绝世美色

如水少女

我知道你将我生命原始之火点燃后，顺着日月之界

化作一道白光向着太空深处，宇宙远方闪掣而去了

52.

我要化作丁香的温馨

渗进你的鼻息

我的恋人

我要化作报春蓝的鲜艳

融进你的脸颊

我的美人

我要化作河水的潺潺

喧响在你的心田

我的爱人

甜美的夜晚
卧听蝈蝈们的合唱时
几乎忘记了世界的存在
九十九颗羊踝骨
化作九十九只黑羊飞上了长生天

53.

在青青川谷中盛放成一株蔷薇之夜
赤条条的河水弯弯的湿岸
顺着你的泪水无声崩塌

攥着生命和金色星球
我化作十万支乐曲
从你芳指上珠玉般散落

春花凋零纷飞的下午
我向世界宣告：

来去匆匆的

你的声音

你的容颜

你的气息

你的芬芳是我生命的金色旋律，银色悠扬

我向上苍祷告

我向大地祷告

祈求高山的神祇保佑

祈求江河的神祇降福

54.

春雨连绵

满地春草无声拔节

将绿色铺满天涯海角

我将捧起世界，连同山峦和河流

与芬芳的鲜花一起送到你面前时

傍晚的彩霞斑斓夺目渐渐淹没在天涯

55.

百年的风雨刹那的回忆
化作千百种妙音
我的手，我的思念，我的梦想，我的悲伤
向你伸展

苦闷只是驿站

56.

神话的夜晚
陶拉[1] 河水静静地流

在你明亮的眼眸深处
飘满云天外的星光

我或许告诉过你：你的明眸曾是第四纪的太阳

① 河水名。

你长长的睫毛忽闪间的蓝色空阔

是我悲喜的广阔陆地

当我向你远去的方向

卷起我的乐土飞奔追去时

陌生人啊，在路旁，在海角，在山麓默默招手送别

黑河之水

第一次泛过河岸之夜我独坐在大陆的腹地

回想着前缘今世与来生

回想着曾在世界的某一角落与你相遇

57.

你赠送的黑夜

最终化作一树芳华

从我眼中绽放

那永不凋零的灿烂中

有你的颜色

在那一树芳华之下
我怀抱着我的悲喜
太阳神阿波罗
编织着七彩霓虹款款而来

58.

黑蝴蝶，白蝴蝶飞来飞去
送来你的气息
芳醇、馨香、清新
秋风，寒风吹来吹去
送来你的呼吸
晶莹、剔透、纯净

59.

金色袈裟的夜晚
当我解开你微微颤抖的前胸扣子
一股奇香随着你的气息飞出
消失在群山之巅

清新、温婉、高贵、华美的一曲古乐
从天边轻轻飘至
月光
挂在树枝、草叶和你的长发上

60.

思念般的长夜
披着一身银月与你并坐时
你仿佛曾问我：寻找长生之水的亚历山大大帝后来
如何

谁也不知奔向暗界的
亚历山大大帝和
十万勇士跋涉了多少年月

暗界在何处
无人知晓

长生之水在哪里

无人知晓

骏马嘶

猎狗吠

铿锵的宝剑闪着寒光

这世间真有永生吗

月圆之夜

你望着远方银光闪闪的雪山

无意间问我

61.

爬上须弥山之巅

寻你

你是远方的云、上帝的女儿、白山蓟的清香

潜到奶海之渊

寻你

你是金色的鱼、海的女儿、秋菊花的颜色

62.

倾听你轻柔、优雅的

或优雅、轻柔的呼吸

在花香四溢的夏夜与你并排躺在屋外

只见远古的苍老传说

化作金色百灵

从草原上空飞过

63.

莫不世间的一切皆是你

面对我的疑惑

顺着你微微颤抖的呼吸

黄昏柔情似水

我记得那一晚我将一首永恒的诗与黄昏一起送给了你

诗曰——

曾记得

我轻轻告诉你

生命是永恒之河的流水

抑或

我给你写的信，说

最珍贵的都是你所赐

曾记得

在去年祝福你的生日之时

我将黄金戒指与温存之夜

一并送给了你

相信

永不枯竭的力量即是爱情，说

我永远奔向你

曾记得

让你细长的纤纤白指

把我的二十岁和大学时光弹奏

我每晚为你写诗

抑或

你我相约

在杏花绽放之时，远空蔚蓝之时

相会在

插上飞翼的河岸

据说这是一首魔法之诗。被视为历史之谜的芭蕉国国民口口相传，说诵读此诗者无不被其魔力所动，情窦绽放无法自拔。

不知真伪

请看官明察

64.

我是永恒的雨吗

我的美人

过去劫的黄昏、蒿草、夕阳和飞虫就是

向我飞来的群鸟

而你是衔接我前世与来生的绿雀儿

你的芳名

是一条百花盛开的尼罗河

我的大学时光是草庐、宝剑、大地的风姿、断了

旋律的吉他曲

今生有幸
投胎为人
与你重逢在天涯乃天造地设的因缘

温馨妩媚的春夜良宵
是千年的尘缘

幸福之雨
从你十指间洒落
我的美人

悲欢之音
从你含情的眼中溢出
我的美人

65.

自忧伤神秘、沉默迷惘的那一夜沉沉的河流开始

你

每天独坐在清波荡漾的、若有所思的湖水之畔，木桩之上

以你纤纤丽质，天生敏感

望着湖水

望着湖水中绿色的小岛

终因

不能为这身心的莫名感动命名

而化作一只彩翅的绿雀儿

穿越数不尽的艰难险阻，向海之角、天之涯、远空的尽头飞去

你是远去的飞鸟

穿越我三世、三生、三劫的神秘飞鸟

66.

晚秋的风萧瑟

万木流金

黄绿相间的寒叶零落之时

湖水开始结冰
候鸟南飞

眼望着，感受着大自然的忧戚
你心中感伤的海潮不能平息
宛若太古时代的传说
与大地羞涩神秘的神经中枢融为一体

浸透情思的蓝色岁月
挂在你长长的睫毛上回来了吗

殷红的枫叶覆盖了我的草庐和来不及整理的豆蔻年华
充满哀伤的
清晨
我将成为无比轻健的英雄白雀儿从未来之劫飞翔而来

67.

心中注满泪水，注满忧伤的寒秋
当我回忆我们只交换了几句问候，就挥手离别的

相会时

蓝蓝晴空

好似淹没在你的目光中

所有的相见都是离别吗？坐在芳草堆上的你问我时

我含泪回答：所有的离别都属于相见

这时

你乳白色的风衣随风飘荡

覆盖了大地

你薄薄的纱巾无限伸展

将公历统统笼罩

68.

从永驻记忆中的那一秋夜开始

你每每一个人独坐镜湖之岸

我每晚都在明月下写诗

无法忘记你风情万种的眼眸

无法倾诉我默默相思的苦楚

无法忘记你风姿绰约的身形

无法表白我暗自神伤的情愫

当我在明亮的教室里

写下第一首诗歌

却无法接受

你已化作一只神鸟

向前生和过去劫飞去

69.

赐给我神光吧

我的圣主

赐给我骏马吧

我的圣主

赐给我天空吧

我的圣主

赐给我山河吧

我的圣主

赐给我心爱的公主吧

我的圣主

赐给我古堡城垣吧

我的圣主

赐给我锋利宝剑吧

我的圣主

赐给我不竭神力吧

我的圣主

先锋部队的十夫长就是我

忠诚护卫每一寸土地，每一株草木，每一个子民的

钢铁勇士即是我

将凶恶的莽古斯一箭射穿的

雷霆之簇

在远空呼啸

70.

远方有鸟儿鸣叫

我的公主

远方有山色苍茫

我的公主

远方有流云翻滚

我的公主

为了将神话英雄的传奇故事

讲给你听

我穿越七重下界

以七牛之力殊死拼杀冲出重围

我的公主

帝国的神奇勇士们

71.

话说——

亚历山大大帝降旨给十夫长：

——大军向西挺进

——逢山开路遇水搭桥

——不畏艰险，勇往直前

特洛伊人对长征充满了喜悦

生命的快乐

在于远行

亚历山大大帝教谕他的士兵

有志者事竟成

磨难后有好运——你望着雪山的寒峰

明眸荡漾着欢乐

如皓月之光

征途漫漫

虽然遭遇了巨大鲲鹏、发狂的野猪、凶恶的牦牛、可怕的毒蛇，但亚历山大大帝勇猛的武士们毫不畏惧，顺利过关

72.

是风的亲吻呢

还是水的气息

在远古河流之岸长长独坐时

你柔情款款的歌声

仿佛将我从千年思念中叫醒

鸟群一阵喧嚣之后

就翻过雪山寒峰远去了

行人

在公驼背上自在吹着口哨

苍茫戈壁

一望无际

73.

在蜡烛残破的微光下

一切朦胧

我点燃生命、回鹘蒙古文和贫穷的夜晚独坐时

诗歌是我的家、我的存在、我的草庐、我的神话

月光如纱

将校园、屋舍、图书馆、操场统统笼罩

夜晚静谧如水

我送了你一首诗之后就附身白雀儿向未来劫和来世

飞去

诗曰——

为何如此悲伤

在你粉色手帕的绚漫中

我不知

失去了什么

我的美少女啊

你别时的絮语

何等感伤

一切都结束了

报春蓝凋零的下午

哭泣的我

想诉尽衷肠

赶到你远行的车票前

却什么也没有说出

我的美人

真想死在
你银色风一样的手指上
却在你驿站的风雨亭下
站成了永远的驿站
我的美人

不想回顾
那河岸一样崩塌的往事
我的美人
濡湿了我胸襟的热泪
是否是我残破的遭遇
和凌乱的注解
我的美少女

像你胸前的纽扣松开
这里的一切都散落了
在淹没大地的悲痛中

你我低下沉重的头颅默默离别
我的美人

来了又去的
爱的季节
相见而又离别是何等痛苦
我的美人

连太阳
也在哭泣呢
在年轻时代的雨季
我无法忘记
连你的名字我都不肯放开
我的美人

人们传说这首诗没有被芭蕉国的史籍记录下来
未知真假
请看官明察

74.

仿佛掌中飞去的灵雀儿

带走了那一束光

没入遥远的沉寂

你是我生命之光

永远的灵雀儿

你飞来

又飞去

你是我山河的风姿

不变的月桂

飘香盛开

零落飘香

你是我时间的形式

永恒的风

漫漫吹来

款款吹去

75.

秋天忧郁的流云
随着候鸟迁徙

生命柔情的黄昏
向你的心间流动

树上凋零的残叶
在心头沙沙翻动

诗神的一千颗石头
心花怒放的夜晚
我为你写诗
河水杏花白的波浪
推动蔚蓝色的湍流
向你的泪光奔去
我用河流的名字哭泣，只听得鸟儿叫，马儿嘶鸣，
花儿怒放

76.

啊——

歌唱着穿过生命的绿色旷野之时

从远古的荒漠飞来的一束光

变成了金蟋蟀

讲述阿尔卑斯的传说

我的公主

爱抚着

你纤纤玉手

与你共眠的甜蜜夜晚

被挂在金橄榄枝上

徐徐飘荡

徐徐飘散

我的公主

77.

披着绵绵细雨

穿过青青绿野之时

布谷鸟的欢鸣如古代寺庙的风铃声从原始森林传来

一切都如同开始
清新
一切都如同结束
寂静

将所有的水，所有的雨，所有的悲伤都卷起
你于万山之巅开始花白的秋夜
向未来劫，向来世的黄昏默默飞去

啊，我的美人
我将用晶莹的泪珠儿串起来的
离情别绪般缠绵的一首诗
和着芬芳的玫瑰、辽阔的大海、金灿灿的太阳一起
送给你

诗曰——
你不用回首

看那郁郁葱葱的悲伤树

当生命的悲剧结尾时
我将化作雨水融入你的眼眸

来世无疑要与你相会
在九十九重天的彼岸我会等你

吞噬了平安之果的
莽古斯可能会拦截你的去路
但锋利宝剑的寒光
会永远护卫你

电闪雷鸣轮番降下
在今生
平凡的遭际里
我们虽然无法相见
但我依然感谢你
我的美人，你给我留下了一辈子整理不完的浪漫故事

回忆中永远美丽
爱情易逝的历史叫做青春

枫叶因为凋落而殷红
喜悦是一种自由

从雨巷的尽头
回望
默默沉思的黄昏开始沉入黑暗

月夜之色彩纷纷褪散
你分手的话儿何等沉重

幸福的灯儿不点自亮
青春的彩霞中
路边的鹅卵石也学会闭目
我望着
在十字路口的红灯下
为了真情而来

为了真情而去的

花团锦绣的二十岁

永不叹息

十万年前或十万年后，在深山的原始洞窟中，神秘的芭蕉国两只灵雀儿捡拾到此诗，好奇诵读时，不想动了凡心，不能自拔。这是流传在各地的传说

未知真假

请看官明察

78.

在倾听生命最原始颤抖的夜晚

在遥远的东方海岸上

我静静啼听着

金鱼化身的美女

动情朗诵一首古诗

于是我抛弃了草庐、宝剑和悲伤，远远飞去

79.

话说——

佩弓戴箭的十万精兵

黑压压在旷野扎营

号角齐鸣

鼓声阵阵

骏马长嘶

猎狗狂吠

海翻腾

天倾覆

暗界暗无天日

无边无际

帝王之师就如何进入暗界一事争论得地老天荒

说到此你

飘扬的黑发

覆盖了整个帝国

80.

黄鹂清脆的歌声

穿过晴空

荒林披着寂寥的时光

在缓缓飘落的清晨

我将生命的渴望

送给你时

天空中满是欢乐飞鸣的鸟群

哦——

生命的密码，不变的故事，整理不完的时间之形式

是你吗

将人世间最永恒的美集于一身的心爱的公主啊，我的美少女，我的绿灵雀儿

你还记得吗

逆着幽林的清风，穿过葱茏的奇花异草之时

满脸白须的仙人突然出现

教给我附身、变化之术的事情

从那一天起

你我任意遨游在

太空星际之中

寻访过去与未来，前世和来生

这一切犹如梦境

81.

当东方静谧的夜晚

逃出棺椁

在青翠原野的尽头

长长叹息之时

在内流河之岸我独自一人无语惆怅

永恒的情感

在撒阿里原野生长成一株参天大树

枝繁叶茂

风中凋落的

思念之旋律

弹奏着清清河水

生命的气魄与力量

都化作自由的手，自由的翅膀，自由的气息

向你蜂拥而去

从遥远的宇宙尽头

一块巨石飞奔而来，如同威胁、如同危险、如同安慰

当我回想你的故事

你迷人的微笑像雀儿一样鸣叫

在报春蓝零落的午后恬淡中

你粉红色的绸裙在风中燃烧

花季飘渺的晴空是你

我问询雪花

有关冬季的话题时

十五的圆月

在荒远的山顶彷徨，月华如前世的神树

戈壁的红宝石

模仿你优雅迷人的步伐

在你步履的风华中

我化作彩蝶

向你翩跹

你的城市被雨水淋透

在傍晚的暮色中无声伫立

在晶莹明亮的灯光中

我化为雨水向你奔去

82.

好似闷热的风突然袭来

好似龙王的宫殿摇摇欲坠

当我从深深的千年美梦中惊醒

布谷鸟

恍惚间飞翔而来

在窗前的那棵老槐树上声声歌唱

披着晨光

踏着清风

在无比敞亮

无比幽静

无比神秘的仙人林里

与你相会

我没有忘记

那是千年前我们在飞扬的山水间发下的誓言

我说附身在神鸟之中

我们去畅游星际吧

此时，西天之涯彤红

海上苍茫

千万支仙曲翻飞席卷而来

原来是文艺祭司、天帝的女儿、赐予语言灵术的妙音

天女[①] 款款驾临

我轻轻告诉你后即振翅飞翔，没入遥远的天际

据说轻盈的风

---

① 妙音天女藏文为央金拉姆、央金玛、央金，梵语称萨罗斯缚底。

从南海之上缓缓吹过之时

各色动物植物发出了美妙的乐声，让天帝倍感欢畅

于是将发出了美妙乐声的动植物聚为一身，形成了

央金拉姆，当我如此转述古老传说时，空中传来

久久回荡的美妙乐音

向文艺至尊、天帝女儿、赐予语言灵术的妙音天女

祈祷

向中秋明月般光彩照人，安详而气度非凡的美艳女神

央金拉姆祈祷

向用青色秋菊般欢乐的明眸安抚身心，欢悦世间的

央金拉姆女神祈祷

向富态的前胸上隆起两只丰腴美乳，细嫩的蜂腰恰好

轻轻收束，宝石般油亮的黑发向双肩披洒的央金拉姆

祈祷

妙龄婀娜的双手上纤纤妩媚的芳指与传授语言灵术的

琵琶神器交会便有款款妙音汩汩涌出，向那怀抱琵琶

的央金拉姆天女祈祷

此时——是我最美丽的时刻

轻盈的风

从南海之上缓缓吹过

83.

我记得

穿越地狱的行程中

诸多美妙故事成为旅途的趣闻让你乐此不疲

哦，我的美人

在宇宙的尽头

正议论着为何有此等奇迹之时

从未知的方向

未知的远方

有颗未知的巨大流星闪着红宝石的光芒呼啸而来

像火红的狐狸

像雄奇的萤火虫

《摩奴法典》云——

创造之神将巨大的金蛋劈成两半，天地分开，然后

创造出十方主神，主神们创造了宇宙万物

创造之神梵天原有五颗头颅，被毁灭之神湿婆毁掉
一颗之后剩下四颗，四张脸成为四方

当我如此讲述之时
从南北东西各方
黑风忽起
挡住去路

毁灭之神湿婆头项缠着毒蛇，骑白牛，用弯月修饰五
颗头颅，第三只眼闪闪发光，在黑风之中吟唱驰过
当我说到她额上的第三颗眼发出神光将鬼魅的三城
尽数烧毁之时
你的媚眼欢乐闪烁
将我的草庐、宝剑、山河和惆怅彻底照亮

在婆娑大树之下
凝视着你的清眸
讲述天地初开神话时
不知是风的絮语

还是花的气息

隐隐约约随风飘荡

据《往事书》记载——

最初是虚空，后有大气曼荼罗

大气厚度有一百六十万波尔①

大气上因气压产生热量形成乌云降为雨水形成大水曼荼罗

大水曼荼罗厚度约一百零二万波尔

在大水曼荼罗之上，就像牛乳烧开后形成奶皮，形成了土地称为曼荼罗的世界

其厚度为三十二万波尔

在世界之上存有九座大山八方大洋

在浩渺的寰宇中如光飞行

璀璨华美的星际如童话，如梦境

如富丽堂皇的海市蜃楼

① 1波尔等于2公里。

84.

感受着你温热的气息

追随恍惚的光影飞翔

到达世界之渊——地狱门口时正倾泻着石块雨，奔腾着血腥河

在地狱之门的

左手边

巨大的绿蟒蛇闭着眼睛盘睡

右手边

巨大的白蟒蛇闭着眼睛盘睡

甚是可怖

旁边有绿色玉石树、白色玉石树高高生长

在其婆娑的枝叶间挂满了冤魂、孽障，被地狱吹来的黑色寒风吹得瑟瑟发抖，个个忏悔罪孽

在地狱门口玉石树顶针大小的叶片下我避雨之时

我将前世用悲伤酿出的诗篇读给你听

诗曰——

秋花残败之时

细雨连绵之时

晚风呼啸之时

晨光潋滟之时

我依旧感受到

温馨时光

卿卿我我的黄昏、远空、美丽的娇嗔、优雅的莞尔

一笑

滴落在掌中的

你缠绵的泪珠

还未晒干之际

离别时留下的

你含情脉脉的话语

还未飘散之际

心爱的人啊

你就将鲜活的时光、不眠的挂念、如海翻腾的情愫

统统卷起

升起片片白帆远游重洋

消失在天际

今世

为了再与你相会

只为了

这唯一的愿望

我在冬之雪、春之风、夏之雨、秋之月中

在门前的老树下等你

等到两边的鬓发全白

从这首诗发出的万种风情和忧伤之音在地狱黑暗的

天空久久回荡

最后慢慢凝结

形成了嶙峋叠嶂的怪石之林

这是未来劫中的人们口口相传的传说

未知真假

请看官明察

85.

过去就是未来

未来就是过去

逆着星系旋转的方向飞翔

就能遇见活在过去，活在过去劫的你

顺着星系旋转的方向飞翔

就能遇见活在未来，活在未来劫的你

宇宙无限，从星系到芸芸众生均以各自存在的方式

轮回

死亡之极为新生

新生之极为死亡

毁灭之极为创造

创造之极为毁灭

聚合之极为离散

离散之极为聚合

枯败之极为繁盛

繁盛之极为枯败

我依偎着地狱之门

对你轻轻诉说之时

在你眼中洋溢出好奇、惊讶、欢愉之情，如孩童般的

欣喜让人怜惜

86.

橄榄树上

金色百灵的欢鸣

在旷野中荡漾

醇酒一坛

为谁溢洒

清茗一碗

为谁飘香

在荒漠中

等待神话的英雄

剽悍骏马长长嘶鸣

帝国山河
犹如千载思念

热泪奔洒
犹如万种愁绪

痛苦煎熬的
是我的大地、云阵、沙渚、古堡
销蚀幻灭的
是我的时间、星群、欢乐和悲喜
隐隐悲痛的
是我的金杉、巨蟒、残夜和大洋

穿过碧绿的原野
陶醉在阵阵花香中
欢乐之鸟飞来
在头顶欢鸣

在你温柔的眼光中山丘融化，石头开花，凤凰劲舞，
万物复苏

想对你讲述寻找长生之水的英雄故事
我从遥远的星际闪掣飞来

话说——
大军
行进了九十九年最终来到了暗界的入口
——暗界艰难险阻可能甚多，应该先派个探马先锋
查看，绿眼军官说
——没有必要，死则同死，生则共生，先锋将军说
——暗界无垠，难辨方向，有入门，难有出口，大
将军说

帝国的军队
关于如何进入暗界进行了旷日持久的辩论，最终还是
取得了共识
说到此，你开心的笑颜

化作粉红色的彩云

飘遍了大地

87.

亚历山大大帝身先士卒

十万大军紧随其后

用马鬃搓好长长的绳索

十万大军

搓了十万年，搓好了找不到尽头的长绳

暗界一片黑暗

呼啸的寒风从未知方向

烈烈吹来

据芭蕉国出土文物、口传历史、稗官野史的说法，他们是暗界最初的，也是最后的访客后代，或其他世界、其他劫的帝王、官吏、英雄、勇士、山贼、仙人、盗马贼、科学家、探险家、金融家、宇航员都

曾寻访暗界，却都一无所获或在半路遭遇了不测

未知真假

请看官明察

88.

凝视着你柔情似水的眼眸

坐在北方的黄昏下，象牙塔的校园幽静而浪漫

我的美少女啊

我将上午写下的小诗抄录在笔记本上送给你后，就

飞向了宇宙的尽头

在数不尽的星球上，我知道

数不尽的你

以数不尽的形态存在着

诗曰——

打开楼窗

一切安详，如秋月般幽蓝，如秋水般明净

黄昏扇着翅膀飞来

跟着

嫩绿色的安慰翩跹而至

将九月剪裁下来

与九色宝石一起送给你

当你

读完这本日记

我将永远铭记

铭记作为你美好象征的

红狐、绿雀、山顶上忧郁的白云，永恒的金云杉

抑或

穿了一冬天的红毛衣和你覆盖了整个古代帝国的乌黑

长发

此时正好是风啸叶落的

深秋时节

为了清泪和一时的残念

不能将汹涌而来的所有过错、怨嗔、怅惘都一笔勾销

从所有的过错、怨嗔、怅惘中

群鸟飞出
随着群鸟，前世与来世的约定也飞了出来
我的美人

每个夜晚
在永远黑暗的角落
我将那一篇篇诗歌，凝视着你宛如丁香的
芳容写出的诗歌
丢进默默流去的寒水时
一切宛如一种结局
我的美人

每当日落
每当微风渐息
从天之西北黄昏缓缓游来，温馨而清柔

如雏鸟的童年
如潺潺流水的年华
为展翅的回忆写下的一部传记

与旧梦联袂消失

也许这是一种开始

我的美人

哦，从九月奔来的

几多惆怅的雨啊，风啊，月啊

穿过春、夏、秋、冬

我逆着风

卷起关于你的全部联想

关于你的全部遗憾

关于你的全部悲喜

和黄昏的心情一起

远行

飞向生命最后的光华和你前世、来世的晴空

那时我将永远、永远、永远

不会忘记

每当日落

从天之西北

游来的是浪漫的黄昏

89.

你是天帝的女儿

无法抵达的梦想

你是大海的女儿

无法翻越的追寻

你是皇帝的公主

无法忽略的伤怀

90.

我化作十面清风

去你掌中缠绵

辽阔大海的水珠纷纷跑来

化身音乐的雨珠

在你心胸上奔洒

你纤纤十指

弹奏大西洋的春宵

天涯坍塌出豁口

九十九只天狗奔泻而下

化作九十九道光华融入大地

穿过十六层地狱之时

不由得想起大慈大悲的释迦牟尼佛

我没有忘记

摈弃

贪、嗔、痴的妄念

为宇宙众生祈福

拉着你如清风雅乐般的手

在十六层地狱中

历尽艰险的日子

八热地狱为：

等活地狱——

落入此狱者

因前世业报手握各种凶器，互相砍杀，直至身首异处，

大卸八块而死

空中

有狱卒大喊复活

片片死尸遇风而苏

再战

复死

再苏

如此受苦五百年

此乃等活地狱也。这时你眼中噙着泪珠，喃喃欲语，

连说好苦

黑绳地狱——

把守地狱的狱卒

在入狱者身上画上条条黑线

用炽燃锯从头到脚沿线锯割，再用斧头砍劈

如此受苦千年

此乃黑绳地狱也

这时，锯斧之声从四面围拢过来

众合地狱——

将落入此狱者

用铁锤击打头颅，以状如羊头的两座山猛烈撞击碾碎

如逃出，抓来再次抛入其中碾碎

如此受苦两千年

此乃众合地狱也

这时你双手合十，连连祈祷

口念六道轮回的众生永远、永远、永远不要作孽

叫唤地狱——

落入此狱者

被猛火烈焰燃烧，逃出者钻入深林时放火焚为灰烬

如此受苦四千年

此乃叫唤地狱也

这时，从未知方向传来凄厉哀嚎之声，让人毛骨悚然

大叫唤地狱——

落入此狱者的舌头被巨大火犁开钻

受刑者痛苦难忍

发出绝望哀嚎

如此受苦八千年

此乃大叫唤地狱也

遵循报业因果落入地狱者的惨叫声密密麻麻蠢蠢攒动，化作孽虫上下飞蹿，甚是可悲，甚是可怜，甚是可叹

焦热地狱——

落入地狱者

被抛入三重炽热喷火的铁屋之中

如此受苦一万六千年

此乃焦热地狱也

此时，好似火焰噬舔脚掌，你拽着我的袖口说快快离开此地

大焦热地狱——

落入地狱者受尽两重焦热地狱之苦

此乃大焦热地狱也

这时，你的叹息声飞出

化作暴雨倾泻

我唯恐犯了天条，及时制止了

阿鼻地狱——

落入此狱者

将受尽所有地狱之苦

还将

额外受诸多苦

此乃阿鼻地狱也

说到此时

只见阎王爷翻着花花绿绿的生死簿

想起花花绿绿生死簿中的众生

早晚要落入八热狱，心中不免唏嘘

穿过八热狱时

春风

拂面而来

地狱兵将

黑压压覆盖尘世

将那些无法无天

恶贯满盈的

十方恶人一一捉拿，押向地狱

91.

一本浪漫的书——四年大学时光

翻开每一页

都有你

都有你的象征：明月银辉、玫瑰清芬、清风颜色

红色毛衣在风中翻飞

长长黑发像从天而降的瀑布

像阿拉伯数字一样抽象的午后

我成为民歌忧伤的曲调

在你的天空回荡

从教室的窗口

看见太阳神阿波罗的清晨

我偷了你的韶华之梦

每当水鸟儿聚集欢鸣

我就知道秋天到了

告诉你

我的前世为

先锋军十夫长后

我就向星空深处扬长而去

92.

苍色雄鹰

呼啸而起

巍巍青山为之颤抖

巨型恐龙

化作鲲鹏的夜晚

青色牤牛群的哞声

震撼天地

93.

暴雨泼洒过后

我凝视着你水灵灵的花眼

说我们需化作神话的天鹅

穿过八寒地狱吧

八寒地狱为：

具疱地狱——

落入此狱者被抛入大寒之境，处处狂风怒雹雪虐冰饕

此乃具疱地狱也

这时，寒风猎猎从四面八方如箭钻心

疱裂地狱——

落入此狱者疱裂的身体被挤压破裂

脓疮涌流不堪其苦

此乃疱裂地狱也
这时，狱卒们飞来
将从尘世抓来的孽魂一个个抛入寒狱

紧牙地狱——
落入此狱者
因寒冷而全身痉挛蜷缩，牙齿发出紧紧陷合之声
此乃紧牙地狱也
这时，从世界之尽头寒流如云突起，将孽报已至者
统统赶来

阿啾啾地狱——
落入此狱者
因剧寒痛彻心扉，不堪忍受不时发出阿啾啾之声
此乃阿啾啾地狱也
这时，地狱中撕心裂肺的惨叫号泣之声此起彼伏

呼呼地狱——
落入此狱者

因酷寒中众生被剧苦逼扼得奄奄一息，已无力惨叫

绝望中只能发出断断续续，窒闷哽咽的呜呼哀叹

此乃呼呼地狱也

这时，因贪婪而恶贯满盈的官吏、亡命徒、奸夫淫妇

凄惨哭嚎回荡阴间

裂如青莲地狱——

落入此狱者

身体连皮带骨变形迸裂，为五瓣六瓣不等如青莲之瓣

以致叫裂如青莲地狱

这时，你频频合十祈祷

祈求众生万不可作孽积怨

裂如红莲地狱——

落入此狱者

身体由内而外翻剥出来，内脏冻肉迸裂成十数个，如红莲之瓣

由此而称为裂如红莲地狱也

这时寒风吹彻骨髓剧寒

裂如大红莲地狱——

落入此狱者

寒苦达到极致，身体翻剥，碎裂成百数瓣，状如

红莲花绽放

因而称裂如大红莲地狱也

这时，贪嗔痴之气笼罩红尘

你说

若想避免地狱之苦

今世还需多多造福行善

穿过地狱

飞上茫茫绿野

你我如释重负，回想非凡经历，大千世界，真乃恍若

隔世，见群鸟欢鸣着从头顶飞过

94.

黑宝石眼睛是

黑色的时日

你的目光让我溃败

黑蝴蝶裙子是

黑色的战栗

你的背影让我燃烧

黑炭色咖啡是

黑色的蔷薇

你的芬芳让我陶醉

95.

当你问我：是否真有饮过长生水的人时

你绿缎锦袍的前胸

化作绿天鹅

欢叫飞去

草木葱茏

在风中摇曳

诉说着远古的传说

当公驼群

穿过茫茫戈壁

如十万大军喊杀狂奔

帝王之师

安营扎寨，将大地覆盖

群群乌鸦翻旋

向南飞去

逆着星系的方向

返回自己的前生

是何等快乐

当我们穿过宇宙的尽头，你如是说

96.

弘吉剌特① 之歌

悠扬的旋律

如野驴群浩浩荡荡

① 蒙古部落名。

空谷晴岚

如梦似幻

如妙龄少女轻轻叹息

大汗皇子的

野狍子踝骨

如隐隐嘶鸣的马群

大黑泉

彻寒的泉水

如满谷绽放的白山蓟

97.

奔向天涯

那里有我

红狐、金杉、绿鸭、紫玫瑰、茅草屋和云雀儿

奔向海角

那里有我

利剑、骏马、盔甲、巨蟒、辉煌之夜和金鱼儿

98.

将施咒的老巫婆
一箭射穿的
神箭手哈撒尔① 的响簇
向暗界尽头呼啸而去

化作一堆沙蓬的
虚伪的夜晚
逃出栅栏
在狂风中游荡

帝王之虎
不知去向
皇后之水② 年年浑黄

① 成吉思汗铁木真二弟。
② 蒙古语中黄河的称呼。

99.

雪山熠熠

白鹤

化作美妇

给两鬓花白的冬日

唱一首撒阿里① 原野春风之歌

统格黎克② 河水

无声流淌

七零八落的部族

从四面八方聚集而来

独角兽

无影无踪

像转瞬间融入了地缝

① 地名。

② 河水名。

100.

给你送去

娇艳花朵清芬的早晨

孤寂守望的古代荒漠化作绿洲展翅而来

在中军营寨

雄伟大帐中

凝视你可爱的双眸

我心爱的公主

我继续讲述亚历山大大帝的故事

黑暗，深邃的黑暗

凤凰展翅也飞不出的黑暗

十万大军个个抓着绳索，步步紧跟，鱼贯而入。即使休息、睡觉也紧握绳索不放

十万大军行进了三十三年，没有找到长生之水

在暗界

人们看不到彼此，但能听声

冒险是最大的欢乐

十万大军

无畏前行

——荧光闪闪，前方有光，这是先锋部队十夫长的报告

——发光的是宝石。暗界的宝石有魔力。如若不捡，定然后悔；如若去捡，更加后悔，这是亚历山大大帝的训诫

黑暗中有小溪默默流淌

王师十万

分食干粮之时

不慎将一条干鱼掉入

潺潺流水之中

暗淡荧光闪烁

落入水中的干鱼突然复苏
逆着水流
漫游而去，听到这儿，你润红的芳唇上仿佛有月光
闪烁，有清风荡漾
啊——
我的公主啊
为了让你听闻世间所有的奇迹
我从遥远的星际
穿梭在流星光雨之中飞来

101.

生命永恒
一切顺其自然在广漠宇宙中延续
过去的一切即是未过去的一切
已来的一切即是未来的一切
在不同空间中童年、老年，前世、来生，过去劫、
未来劫
一切的一切都自自然然共同存在着
彻悟这一切的那一晚我欣喜雀跃

与你坐在绿草地上共看流星雨划过

102.

不要为失去晚霞而懊悔

晨光

不久即将到来

103.

天高地阔

只有勇士的宝剑指向远方

雄奇的黄昏

漫游而来

通天的神树

婆娑微笑

伸出手时

触到的是被焚毁的都市废墟、悲歌、芭蕉国英雄、

美丽的传说

猫头鹰

化作妖魔在大海对岸徘徊

想与你幽会在

极乐之城堂皇的宫殿

我从未来劫，从三十亿年前乘着光来

104.

大枣红马

从天涯飞驰而过

如暴雨瓢泼挥洒

干牛粪的青烟

在大旷野中袅娜升腾

如孤独的玫瑰悲泣

105.

为了繁盛而凋落的绿叶

为了在心中闪耀而寂灭的

蓝宝石一样的时光
我将从悠远的夏季采摘的
娇艳花朵送给你
我的美少女

回首时
北山上的杏花林
如白雪苍茫啊
我的美少女

从花的原野
早早采摘，小心珍藏
送给你的那一束永不凋零的鲜花
是最初的花朵吗？
我的美少女

106.

在大学的毕业季
非同寻常的黄昏

将急就的一首诗歌留给你后

我就飞向星空

没入宇宙的尽头

诗曰——

飘散而去的七月流云是我

如同玫瑰，如同月华，如同醇酒之芬芳，如同

分叉绵延的时光

幽静的港口

如同心中盛开的蔷薇

如同梦境

如同岁月的红叶

随风飘零

举头遥望

千年的

风风雨雨总是落寞孤寂

不到长城

非勇士

如同爱情的刻骨铭心

如同初逢的风淡云轻

如同分别的瞬间

一切都烟消云散

如同妙音树的

红线

无意间崩断

如同大地上的草木、故事

都失声痛哭

在雨夜的渡口上

独自伫立

回首遥望

远去的时光

一切都，一切都

如同开始，如同结束，如同幻灭

据说，此诗未在岁月的更迭中流失、散佚，在少男少女中传抄流转，亿万年后传到宇宙另一边的其他星球上的人们中

未知真假

请看官明察

107.

月亮薄薄的清辉

让我如沐春风的夜晚

那一段遥远的故事

我还没讲完

虽然

一切都开始消逝

但作为初逢见面礼的

那一束鲜花

芬芳的气息，我相信永远不会褪去

后山上的枫叶红透了天涯
水中的雏鸟也要飞向南方
当我告诉你这一切时
青涩时代的淡淡愁云
无意间笼罩了我的天空

我知道
我曾经许下诺言
将用自己靓丽的风华
灌溉迷人的季节送给你

当我轻轻地告诉你
等到百花凋残草纷飞
北风呼啸的季节就要到来
但你依然兴致勃勃
留恋着异香扑鼻的满园奇葩

捡拾起每个秋天的霜叶和
青春年华

珍爱的喜悦
送到你面前
在咖啡馆紫色的夜晚
我曾对你絮语呢喃

108.

每当怀恋
你的芳名
江河之水
就化作忧伤的音符
在我草庐上空
盘旋、回荡，回荡、盘旋

每当回想
你的芳姿
丁香花的芳菲
便化作迷人的彩蝶
在晨昏之间
翩跹、漫舞，漫舞、翩跹

每当相思

你的温存

碧蝈的琴音

便化作一束彩霞

在大地的尽头

闪耀、铿锵，铿锵、闪耀

109.

哦——

我的美人啊

雄伟帝国高贵的公主啊

你是神话

从神话中开出的漫漫樱花

你是丽水

从丽水中飞出的翩翩云雀

你是思念

从思念中传出的空灵古乐

你是明月
从明月中流出的浪漫黄昏

你是天空
从天空中盛开的金色乐园

你是野火
从野火中诞生的远古城池

你是等待
从等待中铺展的荒凉废墟

你是翅膀
从翅膀上飞起的太阳之风

你是大地
从大地中喷发的火热岩浆

你是太空

从太空上滴落的宝石眼泪

你是细雨

从细雨中结晶的大海之魂

你是霓虹

从霓虹中飘出的无形世界

哦——

我的美人啊

雄伟帝国高贵的公主啊

我心爱的绿雀儿啊

我将此生一切都奉献给你

110.

无形世界之

无形能量即是我

我用天生的异禀

轻松翻越

四十九道玄关

从一亿年前的

神奇星球

一路飞奔而来

111.

金莲川[①] 的金莲花

开始凋零的夜晚

我披着黄昏最后的晚霞

从未来劫的大海上空飞来

你好似在继续问询亚历山大大帝的故事

寻找到长生之水的无畏勇士们

就能否喝下长生之水展开争论

直到须弥山销蚀为丘陵

① 地名。

直到奶子海干涸为泥潭

——长生之水当饮，天赐之水为何不饮，老兵说

——长生之水可得，而不可饮，先锋将军说

——饮长生之水者将长生不老，而长生不老实为一种永生之苦。当你所有好友、亲朋、人民都一一逝去，帝王您会孤独留在世上。那时一种绝世的孤独，比高山大海都要沉重，先锋部队十夫长说

当我讲到无敌勇士们争论到最后
谁也没有喝那长生之水，弃而离去之时
松、杉、麻黄
披着永恒的青翠，无语微笑

最后部落战争此起彼伏，瘟疫疾病到处蔓延，特洛伊城被从世界上抹去后，还剩下一人。那人即是亚历山大大帝。他将杯中长生之水扬洒后，悄悄喝下了最后一滴。这谁也没有察觉。但是亚历山大大帝遭到了说谎的报应。他孤独一人埋葬了所有臣民后，无法

承受巨大的孤独走向了东方。后来建立了芭蕉国，成为章古来国主。这是远古的传说。

未知真假

请看官明察

112.

梦想长生之水的夜晚

银月

化作白蛇，蜿蜒行至

我无法选择浮生

无法把你留在思念之外

冰海对岸

有谁等我

锦色鲤鱼

为谁歌吟

你是在巍巍昆仑之巅微笑守望的天风
妙音天女

你是苍苍阿尔卑斯之冠赤诚守候的雨滴
天帝的王子

你是未被破解的世界之谜，无形能量
生的秘诀、花朵的神咒

你是未能穿越的史诗之高峰，古代雅乐
宇宙之源、水之原型

113.

从掌中飞起的
春宵之夜
喧闹一番后
向辽远的尽头隐没而去

今夜

为祖先祈祷时

野草沙蓬默默无语

114.

偷食了所有光芒的火燕

在光之外

忧虑、彷徨

挡住去路的黑夜、危崖、莽古斯群

转瞬间

化作蚊虫

祈祷、忏悔曾经的过失

115.

未察觉

我已暗暗挂念你

你是吻着河水缓缓流动的

心之翠岸

未忘却

在古代城池与你相识

听着你融化山岳的

柔婉歌声

我从骄阳千缕光华上飞来

对你说出自己的名字

对你说出名字后

还补充说我们有天造地设的因缘

如此回忆时

竟不知山坡上的三棵树已经凋零

116.

向你追寻的生命之旅

尽管遭遇无数艰险

我始终未曾动摇

我始终不曾彷徨

你是宏阔大海

你是极乐之境

雨落潇潇的午后
对窗久久长坐之时
被丢弃的时光之残叶
闪烁飞来
闪烁飞去

最终我
化作小小飞虫
亲吻你的脚背

最终我
化作雄鹰
在你头顶盘旋

最终我
化作芬芳之夜
笼罩你的山河

最终我

化作彩虹

装饰你的天空

117.

阳光

照耀去路

叶色

装饰流光

我是旅人，先锋部队的十夫长

我是史诗艺人，远去的最后的浪漫诗人

我是永恒的旋律，星际之中穿梭飞行的白雀儿

118.

在炎热的夏日之午

漫谈巨蟒故事之时

听到暴雨从远处泼洒而来

独眼巨人

在地缝中消失的秋夜

潇洒的风

背靠着通天树

讲你的故事

也许是火山曾经爆发

也许是大海曾经呼啸

也许是天上乐园曾经坍塌

在灭亡朝代的残垣断壁中

四野荒凉

七零八落的岁月

依然残破不堪

119.

从可怖的地狱

穿行到安详的极乐天堂

在禅境中修行的诸天

将阵阵花香送给我

梵众天、梵辅天、大梵天、少光天、无量光天、光音天、少净天、无量净天、偏净天、福生天、福爱天、广果天、无想天、无烦天、善见天、善现天、色究竟天

此乃色界十七天

无量美艳也

无量欢乐也

无量壮观也

120.

虽不能穷极宇宙之大

却要虔诚祷告

赐予欢乐安详的释迦牟尼

虽不能抛却

欲界之贪念余孽

却怀祈福众生之大慈大悲

121.

古代经书有云——

东行

有胜神州

人身长六十八肘

人寿二百有五十

南行

有赡部洲

人身长四肘

人寿不足百

西行

牛贺州

人身长十六肘

人寿五百岁

北行

有俱卢洲

人身长三十二肘

人寿一千岁

哦——

自欲界四大部洲穿行
遵循天地因缘
和爱人公主的
族亲部众相见相欢
实乃无法言说的
奇妙情缘

时时刻刻
我在生命的无形世界里
与你相见

时时刻刻
你在生命的无形世界里
与我相见

此乃无法化解的天地奇缘也

122.

难道神奇的通天神树会枯萎吗？
难道你身上的华美服饰会陈旧吗？
当穿过俱卢洲时你曾问我：娇美的容颜是否会散发
芬芳的香汗？

生之极为死
盛之极为败
聚之极为散

世之道
何等无情
我们身披五彩晚霞
在大漠深处对坐相谈
有孤烟向天际袅娜

死之极为重生

败之极为复盛
散之极为再聚

世之道
虽坚如白骨
但你我总有不分离的借口吧
此时你妩媚情眸
早已注满了晶莹泪水

123.

黑花翎羽的飞禽
坐在黑色磐石上
声声啼叫三声的吉祥早晨

黑色磐石应声爆裂
显出黄金大印
飞入天空
黑色磐石重新复原

黑花翎羽的飞禽
坐在黑色磐石上
声声啼叫三声的吉祥早晨

黑色磐石应声爆裂
显出白银大印
融入大地
黑色磐石重新复原

黑花翎羽的飞禽
坐在黑色磐石上
声声啼叫三声的吉祥早晨

黑色磐石应声爆裂
显出玉玺大印
奔入世间
黑色磐石重新复原

记得你问我

黑花翎羽飞禽的去向

我告诉你皇子抛下

玉玺、臣民、心爱的山河远去的消息

124.

将一腔遗憾与惆怅

平铺在荒凉的沙滩上

任凭野风吹干时

心中的哀叹

化作萤火虫

向四面八方飞去

125.

你芳足踏过之处

盛开

金蔷薇

生命——如无底的深海

穿过

洪荒大漠

有一只永恒的云雀在头顶盘旋

126.

能感觉和风徐徐而来

恍惚觉得你曾向我问询

鸟鸣声

在寂静中融化、消失

偷食了那一束光的

金凤凰

休憩在阿尔卑斯山巅

蚂蚁群唱着歌儿

穿过泥泞的小路

我想起坐在橙红色的黄昏中久久等你

127.

远而又远的流云
流云之外的流云
远而又远的山峦
山峦之外的山峦

云儿像风的思念
山儿像叶的童话

竹笛之声悠扬
那么辽远
望不到天涯

你是永恒的回声、永恒的雨
你是永恒的等待
你是无尽大海的黑暗

128.

等故事讲完

听清晨的水

在叹息

当我

从夏季最后的雨滴中落下

你向着

芳草地蟋蟀之歌远去

运草车

高洁的夜、旧沙洲

声声回荡的生命之欢歌

在苍天之顶盘旋

在旋舞的季节之前

大地微笑伫立

衣衫破旧

在你耳环轻轻碰响之声中

戈壁绿洲的花朵

如数凋落

摘下一枚自由的秋季
佩戴在你胸前时
河水飞来

群蝶欢歌一路扬长
古代城堡在眼前依稀
只是不见主人

129.

雁阵之下有情歌悠扬
从窗口望去
远山飘渺

杯中香茗
无语
茶香清新宛若琵琶之声

好似蟋蟀之声远去
独自等你的村落之夜
不知去往何处

你洒落在庭院中的泪水
年年花开
芬芳让大地陶醉

无法忘记的
幽怨之春
不能抛却的冽冽寒冬

浓情之夏深红的颜色
是你吗
我的公主

相会之秋幽蓝的河水
是你吗
我的公主

千年的远空飘渺

无限飘渺

绽放的玫瑰在天涯飘香

把如歌的眉月

珍藏在书页之中

将如水秋夜赠送给你

你是诗歌的妙音天女

远古的洪荒神话

东方的黄昏

130.

野花讲述春天的故事

深爱过你的远村

在金色的田野中等你归来

杏花林纷纷跑来

苍天祈福

你浅浅的微笑掠过，远去

丁香花的芬芳满园飘洒
靓丽的情思随风荡漾
消失在空中

对望朦胧神秘的月色
不知是谁偷走了
雾霭蒙蒙的岁月

香草与欢乐树
潋滟的清光是你吗
无意间想起古代的城垣

那一株金枝的生命树
是谁培育的
说不清为何美梦难续

131.

潇潇秋雨中你走来

飒飒落叶中你走来

我是记忆中夏季的细雨

我是东方的祈福，西方的祷告

我是南方的水，所有水的心情

我是北方的风，所有风的感动

从失去的岁月之港返航之时

从远古的城堡之墟回来之时

抑或你是

古代的黄昏、草庐、歌声

抑或你是

孤独的过客、消失的忧伤、永恒的联想

抑或你是

长生之水、欢乐之风、枫树红叶

132.

云走之后的雨

潇潇之声何等凄凉

雨停之后的樱花

阵阵芳菲那么销魂

捡起

用情爱编制的雨中蓑衣

伫立在阴沉的黄昏中等你

枫叶为何会殷红如血，村里的姑娘告诉我缘由

不知童年碧绿的梦幻

被吹响何方

你是将我生命之熊熊烈火

偷去的

东方明月

你是天河
欢乐船
远去的海的女儿

133.

沙沙作响的落叶
好似歌吟
其歌如月色清寒

返程的一只飞鸟
像故事中的勇士
在头顶盘旋

从此回首
漫漫流水
你从水中归来

心灵的紫色磐石
是你吗
无名的惆怅将我等待

写就千行诗歌的夜晚
你从
天边明月处飞来

用凋零的黄叶
盖起草庐
默默等你

你真乃
自由的黑暗
自由的宁静、自由的想象

忧郁之夜
悄悄走近
你如歌的窗棂之下问询

灯光是

黑暗的心情

你忧伤时依坐的老槐树

在白山蓟落瓣如雨

在北方谷苍茫如雪的

寂寞中午

我将太阳苍老的白光

小心捡起

向不知名的远方飞去

哦——

远行的果实何其苦涩

一路之上蝴蝶与飞虫成群结队飞过

古代山峦、天涯

老槐树纷纷闪过

一路放歌
将豪歌洒向天边
才知道生命乃是天河之水

134.

宇宙无限广阔
洪荒旧梦从夜的灵匣中逃出
游荡在广漠星际

露之水珠
在草叶上晶莹
幽蓝的风
从大草原的川谷缓缓吹过的清晨

我紧握着你长生之水似的手
向着未知的永恒之界振翅飞翔

135.

浩渺苍穹宽如袍襟之时

黄金厚土微如手掌之时

草色黄羊生如幼崽之时
轻健野驴诞似嫩驹之时

须弥神山好似丘陵之时
奶海重洋如同泥洼之时

在连绵山梁的向阳之坡
在纵横沟壑的交汇之处

在八条河流的发源之地
在八十个裂谷的衔接之处

你我因天造地设而连理
你我因阴阳交会而比翼

哦，你是我远去的飞鸟

诗外札记

亨土什洼地与嘎达利王国

照日格图　汉译

我出生的地方叫贡淖尔。东北、西南围着延绵的沙丘；东南、西北处是一望无际的原野。西南沙丘的深处，有一方大洼地，这里的人都称它为“亨土什洼地”。

亨土什，蒙古语词汇里没有这个词。村落周围的沙丘、草原被赋予蒙古名，唯独这方洼地的名字特别，想来令人费解。亨土什洼地很大、很深，四壁陡峭。时值夏日，这里杂草横生，猛兽出没。当地的老人说，无人抵达过它的深处。也有老人说，即使有人曾抵达过它的深处，也未见他们回来。

亨土什的深奥、神秘无比吸引我。我的童年，是在它的周围度过的。稍有闲暇，我便跑到那里，呆呆地看日出，抑或思考世间的种种。我一直以为，亨土什形成于一次地壳运动。但陆陆续续从这里出土的文物否定了我的猜测。是天外飞来的陨石在这里砸出了一方大坑；巨大的陨石也将一个文明古国砸进了地下。岁月荏苒，亚历山大大帝化身为章古来酋长，在这里缔造了嘎达利王国，而那次巨蛙引起的灾难，让嘎达利王国人间蒸发。

关于嘎达利王国，没有任何资料。几十年间，我逐一查阅了多个语种的典籍和资料，均未找到关于它的只字片语。但后来陆续从亨土什出土的各种文物，又证实了它与古代特洛伊、亚历山大大帝、长生水、嘎达利王国、浪漫诗人之间具有千丝万缕的隐秘联系。

嘎达利王国的传说

这可能是一个古老的故事，无人知晓。

太阳把天边的沙丘炙烤至滚烫后，在沙丘上缓缓地向西移动。橘黄色的阳光，像巨人的手指般挣扎着，消失在未知的天边。

和煦、悠扬、温柔。

夜晚渐渐笼罩了沙丘、山林、灌木和花草。

奥德来树上

鸣啼陶德来鸟时

危难就会来临。

斑布来每当想忆这句话，便心痛难已，变得坐立难安。斑布来是一位天塌下来都能顶住的勇士，他顶天立地，没有什么危难能使他跪下服输。面对野猪群的疯狂进攻，他只身一人手持布鲁[1]冲锋陷阵，保护了危在旦夕的父老乡亲。危难这个词，从斑布来的词典里消失已久。但说这句话的，并非凡人，是德高望重的老者章古来。老者章古来是这里的一个谜，没有谜底。

奥德来树、陶德来鸟

玉玺、宝剑、长生水……

斑布来给马上了绊子，面朝西坐在沙丘上。此沙丘名曰“盟约之山”。听老人们说，不知何年何时，乘神驹、持利剑的两位勇士为征服劲敌相约于此，立下热血誓言，要“友好时，如温顺的牛犊；拼杀时，如勇猛的虎豹”，言毕，歃血为盟。从此，人们都称这里为“盟约之山”。乡亲们又说，两位勇士一个朝东，一个朝西出发。分别时，二人约定：如若他日能凯旋而归，便再相约于此。年轮滚滚，风云变幻，沙丘上草木枯又荣，荣又枯，不知过了多少年，却未见那两位乘神驹、持利剑的勇士归来。

---

① 投掷和敲打猎物用的小木棒，通常呈弯曲状。

听了这个故事，斑布来便爬上沙丘，眺望远方，日日如此。斑布来并不知晓，自己这样一等，到底等去了多少年。他只想见见那两位勇士。

“盟约之山”上，今年草木郁郁。野葱、羊草、狗尾、戴胜草在黄昏里泛着草浪；淡淡的草香拂面，令人畅快无比。勇士斑布来在“盟约之山”稍坐片刻，便趴在那里开始聆听大地的声音。最近，他常常这样。据说，这是章古来教他的。章古来说，在夜幕降临时，爬上“盟约之山”，收起心中的各路杂念，闭上眼睛，耳朵紧贴地面，就能听到大地的声音。章古来老人又再三嘱咐他，这是大地的秘密，不可告人。

轰隆隆、轰隆隆。

斑布来听得异常真切。这是大地的声音，大地的呼吸。起初，斑布来并不相信他的耳朵，但后来日日如此，心中的顾虑也渐渐消失了。至此，他也相信了章古来老人的那句话：一头陈年巨蛙，背上拖着他的家乡。巨蛙、蛙鸣声、家乡、危难……近来斑布来常常冥想这几个词之间的联系。每想一次，他的扇风大耳便翘一翘，他半斗大的拳头便紧一紧。

令斑布来惊奇的是，除了蛙鸣声，他还依稀听到了其他声响。那是万马奔腾、刀剑蔽日，亿万军士在战场上的呐喊助威声。斑布来由此断定，在不远的地方，即将发生一场生灵涂炭的战争。他将此讲给周围的几个人听，无人信以为真。

“斑布来这是在胡扯”，宝如来如此说道。

“斑布来是等勇士等烦了，才出此言”，查嘎来说话时笑得憨厚。

“交战也不错。洒热血，争铁骨，那才是热血男儿的荣耀和乐趣所在。”哈日来咧嘴说道。

虽有人交头接耳地议论，但没有谁把这句话当真，不久便被人遗忘到了九霄云外。

斑布来猛地拔起一株狗尾草，衔在嘴里站起来。巨蛙的鸣叫、战场上的喧嚣，渐渐暗淡远去。

夜幕四合。

“盟约之山”被笼罩在暮色里，夜晚的树木阴沉沉的。斑布来跨上骏马，马蹄朝着他的家乡小颠；他腰里的弯刀，被在风中铮铮作响。

斑布来的家乡，名曰“嘎达利”，四面皆是山峦和沙漠：东边像海水一样泛着涟漪的沙丘，名曰“阿尔古岱”，那里的沙丘连着山林，常有飞禽走兽出没。在嘎达利，不曾有谁穿越“阿尔古岱”沙漠。前年，斑布来的叔父崇布来仗着自己有一身蛮力，独自骑马闯进了那里。是死是活，抑或是成了飞禽走兽的美餐？至今无下文。德高望重的章古来酋长在给他的疾风枣红马梳理鬃毛时说，崇布来大概还活着，他一直在阿尔古岱的沙漠和戈壁里骑着马狂奔。据说，要走十几年，不停地向前冲，才能穿越阿尔古岱沙漠。西边那个错综复杂，延伸至天边的沙漠，名曰“扎尔古岱”。那里草木郁郁，树木森森，常有野猪野牛出没，更是无人敢接近。斑布来跃跃一试，想要穿越野猪成群、豺狼结队、毒蛇穿梭、野牛出没的沙漠，来证明他的威武勇猛。

那年，斑布来与哈日来在饮过二十坛烈酒之后打了赌。

“九年之内，我要骑着马只身穿越扎尔古岱沙漠。回来还要怀抱一位妩媚的西域美女。”斑布来一边说着一边哈哈大笑，把手中的酒坛抛向天。酒坛在空中反转几下，又稳稳地落到了斑布来的掌心里。

“九年不成。那妩媚女，定以男人的心肝为食。”哈日来一边咧嘴说着，一边用靴尖踢了一下酒坛。只见那酒坛飞速旋转，到达目之所限处，碎为瓦砾；那坛中的琼浆，亦飞速旋转，形成水柱，在阳光下熠熠闪烁。力气逐渐减小时，那旋转的琼浆，又如同天上的溪水，进入哈日来身旁那口空空的酒坛内。看罢，哈日来呵呵大笑。

“一滴都没少。”哈日来一边说着，一边捧起酒坛豪饮。嘎达利的年轻人，饮酒时经常这样玩，称之为“酒术”。这是嘎达利人必修的绝技之一。有时，他们还在疾驰的马背上饮酒；有时倒挂在树木新枝或芦苇尖上饮酒。

面对哈日来的挑衅，斑布来险些就此闯进沙漠，是酋长章古来出面阻止了他。其实谁也不知道扎尔古岱沙漠里有什么，沙漠的那边有无西域，西域有无妩媚女。因为有史以来，前去穿越扎尔古岱沙漠的勇士，皆是有去无回。

嘎达利的北侧，有一座名曰“答央”的高山，远远望去，犹如低头思考的巨人，亿万年来不变的是它的巨大和沉默。它的高耸和陡峭，令诸位勇士生畏。嘎达利人，亦称此山为“阿敏岱山”。山顶的冰雪，终年不融，远远望去，闪着银光。它好似一位活了亿万年的老者，守护着嘎达利的子民。从答央山阳坡流下来的泉水，哺育着嘎达利的人与畜。爬答央山，乃嘎达利之大忌。他们认为，自己的祖先和生命，与答央山在暗中有割舍不断的联系。

嘎达利，是这样一处三角形的平原。阿尔古岱沙漠自东北向西南延伸；扎尔古岱沙漠自东南向西北延伸，阿尔古岱与扎尔古岱在南端相交。人们把两个沙漠的相交之处称之为“三角呼硕”。三角呼硕的顶端处，有一个低洼的地方，人们称它为“亨土什洼地”。从“三角呼硕”再稍稍往里，有一处低矮的沙丘，那便是“盟约之山”。阿尔古岱沙漠与扎尔古岱沙漠又与北边的答央山接壤，此处就自然形成了一方三角形地带，犹如犁铧。

在犁铧般的地带，人们生活了一辈又一辈。这里偏僻、险峻，外面的人进不来，里面的人也出不去。

因此，世人并不知晓嘎达利的存在。嘎达利真成了与世隔绝的王国。这里的人不用文字，祖辈的事迹、积累的经验，皆靠口口相传。

关于嘎达利的形成，有一个古老的传说。当须弥山还是低矮的小丘，当乳海还是泥泞的湖沼时，嘎达利是一处广阔无边、绵延千里、富饶美丽的地方。那里微风习习，细雨蒙蒙，那里的人们长生不老，永葆廿五的容颜。那里人丁兴旺，畜群安宁，人们和谐美好地过了一年又一年。

有一天，不知从何处突然来了一位白须老者，丢下一句预言便扬长而去。他说：

奥德来树上
鸣啼陶德来鸟时；
女人长出胡须
骒马不下驹时便是世界末日。

生活在嘎达利的人们，皆认为老头一派胡言，不久之后便将其遗忘。

后来发生的一系列事件，证实了老人的预言。王的马群已逾百万。黑日乐德格老人是牧马人的头目。

那一年雨水充足，水草丰美，可奇怪的是，王的骒马均未怀胎。起初，人们啧啧称奇，试图从儿马、水草中查找原因，均未果。儿马正飘扬着它火红的鬃毛在守护马群；草势丰美，水色青青，均未见异常。为骒马未怀胎愁坏的人，除了王的牧马人黑日乐德格老人，还有王的素白哈屯①。素白是黑日乐德格老人之女。她倾国倾城、多愁善感，得到王的赏识，被聘为小妃。多愁善感的素白哈屯树叶飘落时哭泣，草色枯黄时也哭泣。不会有人知道，她是嘎达利王国的最后一位追悼者。得知骒马未怀胎，素白哈屯废寝忘食地哭了九九八十一天。素白的举动，惊动了王，有一日他去探望素白哈屯，被吓得大惊失色。素白哈屯的乌黑秀发变得花白，下巴上钻出了满满的胡须。王只得长叹一声。果真到了骒马不下驹，女人长出胡须的时代。

看来，嘎达利王国的陨落近在咫尺。

王对素白哈屯好言安慰后，走出宫殿时，日已全

---

① 蒙古语，夫人、太太。

食。外面漆黑一片。看不见摸不着，令人无法忍受的危难就这样来临了。天的西边出现了顶针大小的红火苗，然后渐渐变大。人们开始喧嚣，生灵开始嘶鸣，嘎达利王国如山崩海啸般沸腾了。这是嘎达利留给世界的最后一次挣扎。

火苗越变越大，转眼间遮住了半边天。呼啸的风，送来热浪。人与动物，为躲避这股热浪，纷纷寻找遮蔽之所。火苗无序地喷发，犹如射出的火矢。天边开始燃烧。原来是天上着了火。这吓坏了噶达利王国的子民，但他们无处可逃。灾难最终还是来临了，一块巨大的陨石落在嘎达利。

这个不凡的天外来客，将嘎达利的子民、飞禽走兽、山林湖泊都压进了地心。同时被它带进地心的，还有嘎达利人的恐惧、呼喊、绝望和一切。美丽、伤感的素白哈屯结局如何？无人知晓。落在嘎达利的陨石形同犁铧。章古来老人说它形同巨蛙。到底是怎样一个庞然大物？没有谁亲眼所见。无论怎样，陨石在嘎达利原野上砸出了一个巨坑，后随着日月穿梭和地壳运动，渐渐形成了如今的阿尔古岱沙漠、扎尔古岱沙漠和答央山。

这个故事，口口相传了许多年，不知是真是假。为探明真相，斑布来、哈日来、宝如来他们在嘎达利地界上挖了深深的洞穴，却未见陨石。是因挖得不够深？无从知晓。德高望重的章古来却说，陨石袭击，确有此事。他还说天外飞来的陨石，也给嘎达利带来了来自外星的生命。只有酋长章古来知道，将嘎达利王国砸进地心的巨型陨石，在沧海桑田后变成了巨蛙。由章古来建立的新嘎达利王国，就稳稳地坐落于巨蛙的后背。这是嘎达利王国地心里的秘密。

嘎达利王国是一个神秘的国度，亦是一则无法猜出的谜语。比如，酋长章古来的出身、年龄、姓名、生活、交媾……皆是秘密，充满了神秘色彩。这里的男女，皆有无穷无尽的欲火。在他们生命的内里，性欲就像一团鬼火一样燃烧着，发出红色的光芒。在欲火中兴奋和激动，是嘎达利人最纯真的幸福。他们日出时交媾，日落时交媾；在沙丘上交媾，在帐篷里交媾。交媾是嘎达利最美的风景，随处可见。这是因为这片土地的阴阳法则所致，还是耻辱和羞涩早已飞离了这里？无人知晓。有时欲火中烧后，在交媾过程中男人咬死女人，女人咬死男人，抑或劳累致死、晕厥不醒之事时有发生。他们认为这是生命最圣洁的荣誉和最雄壮的结束。在答央山的阳坡下有两眼泉水，凛冽而烧喉。人们称它们为“阳泉”与“阴泉”。据说这两眼泉水，能使人欲火燃烧，赐予男人喜欢女人的原始力量，赐予女人喜欢男人的原始冲动。不知是真是假。无论如何，嘎达利人能够在自己的生命本色与大自然之间找到千丝万缕的联系，给自己的生命增添魔幻色彩。据德高望重的章古来酋长说，在无辕之车套无角之牛的时代，有一个嘎达利人从野外捡了个宝葫芦。他好奇地打开时，葫芦里飞出了许多东西，吓得此人复又盖上了葫芦。此葫芦非一般葫芦，乃是天上的宝葫芦。方才飞出的，正是荣誉、权力、气力、知识、爱、疾病和危难。尚留在葫芦里的，是欲望。从此嘎达利人便有了无休无止的欲火，人亦变得野蛮。不知是真是假。不管如何，嘎达利的女人皆貌美、聪颖；嘎达利的男人皆刚烈、健硕。无边的欲望有时会给嘎达利人惹下灾难。为了争夺美女，男人们不惜大动干戈。

勇士斑布来整夜在“盟约之山”上骑马而行，破晓时走进了一座华丽的宫殿。宫殿里，有一个女人等了他一整夜。此女名曰“翁白”，是嘎达利的佳丽之一。翁白半醒半睡地躺在柔软的床上。斑布来褪去衣物，转身钻进了翁白的怀里。

他们的欲火开始燃烧。从宫殿里传来喘息声、呻吟声和叫喊声。

太阳缓缓升起。

夏日清晨温柔的风，亲吻着翁白姑娘华丽的宫殿。筋疲力尽的斑布来和翁白此刻舒舒服服地躺在床上，彼此说笑。这关乎生命的荣耀的笑声，渐渐消失在嘎达利的上空。翁白姑娘的脸颊变得通红，她娇嫩的双乳，此刻依然高挺着。

章古来是威震嘎达利的酋长。他有一头乌黑的头发，双目炯炯有神，脸上活力满满，乃是男人中的翘楚。他的宫殿里满是美女，他的原野上满是牛羊。其实，他是嘎达利的王。据说，是他给嘎达利的子民传授了放牛种田、用火、冶金、纺织之术。

章古来不仅有神秘的魔力、过人的力气、丰硕的财力、无数的嫔妃和精湛的技术，还具有长生不老的躯体。千百年来，嘎达利人皆难逃生老病死，而对于章古来而言，这件事如同不存在。章古来永远是廿五的容颜，这让嘎达利人羡慕不已。

嘎达利人不知权为何物，却由衷地敬佩章古来。嘎达利人的日常生活，皆与章古来息息相关。例如，在嘎达利，谁家的女人生了孩子，须请章古来给新生婴儿赐名。如若不然，新生婴儿定会在九十九天后莫名地夭折。因此嘎达利男人的名字，末尾处皆有“来”音，女名结尾处皆有“白”音。据章古来说，“来”“白”乃天赐之音，亦是男女生存的法则。有了“来”音，男人才能获得生存权限；有了“白”音，女人才能享受生存权限。此乃命运的法则。“来”“白”音究竟何意？或许章古来自己也不知道，抑或那是不可言说的秘密。

嘎达利人皆说，蟾蜍吞日，便会日食。在日食那天，章古来请头等勇士斑布来入宫。此时，斑布来正在及腰的荒草间与翁白姑娘交媾。听罢此言，斑布来整理衣物，紧了紧衣带，跨上骏马，奔向章古来的宫殿。翁白姑娘整理好衣冠，骑着马唱着歌朝南走去。

斑布来到达酋长的宫殿时，门前的树上开满了白色的花，空气里弥漫着花香。

“酋长安好!”斑布来俯身问好。

“头等勇士斑布来好!”酋长也向他问好。

章古来是一酋之长，但他不爱摆谱，不喜欢故装孤傲。据他自己说，嘎达利社会需要威望，但无需权力。权意味着统治、镇压和奴役。嘎达利人有享用不尽的畜群，大自然赋予了他们所有的生活所需，因此私心无处生存。人们的饮食、应用之物非常充足，人们也就不会狭隘，没有算计和私心。

章古来问道:“可曾看见殿前那棵树开了花?”

斑布来憨笑着回答道:“见了。花如雪，味如血。”

“殿前那棵伞状的树，名曰奥德来树。它是一个陈年老树。它能预示嘎达利人的幸福和苦难。今年它开了味如血，色如雪的花，说明危难正在临近。”

斑布来睁大了眼睛，继续听着。

这场秘密谈话，持续了三天三夜。这次谈话，也向外界泄露了嘎达利的秘密。一场生死搏斗，犹如洪水，朝这个亿万年来一直平平安安的地方，翻滚而来。

章古来将他的身世之谜告诉了斑布来。

章古来的原名，叫亚历山大。他的传记和关于他的传说，在希腊语、拉丁语、罗马语、阿拉伯语、土耳其语、阿尔泰语世界广为流传，嘎达利人从未听说过而已。如近期出现的《旧格里斯斑》《尼斯坎德·纳玛》《迪万·龙衮·阿德·突厥》等作品里皆有他的传记。

在古老的特洛伊城，有一个名叫亚历山大的大帝。那时的人，可以幻化成动物，出生后偷吃极乐之食，所以通体发光，能够魔幻般地归天，又可以长生不老。特洛伊城内的一些市民，对动植物产生食欲，偷吃了味道古怪的白色花瓣。从此人体不再发光，世界成了漆黑一片。特洛伊市民叫苦连天，常摸着黑进行盗抢和杀戮，从此天上出现日月，照亮了黑暗的世界。据说，从那时起，便有了轮回的四季和黑夜白昼。不知是真是假。贪享天精地华的人变得丑陋无比；少享天精地华的人变得俊朗无比。他们开始相互羞辱，日夜不停，从此作为天精地华的怪味白花也消失了。后又见史书记载，此花被记作“孽之花”，是雌性之兆。后来地上长满了黑色的奇味之花，又有人贪恋贪食。因为它的奇味，市民纷纷抢食，后来黑色的花也消失了。实则此乃“难之花”，是雄性之兆。因有怪味白花和奇味黑花作祟，特洛伊市民对彼此产生了欲望。据说，从此人们便有了雌雄之分。因为贪欲和贪念，特洛伊市民中抢劫、拐骗和杀戮之事日渐增多，后出现了大名鼎鼎的亚历山大，他平息混乱，赢得了人们尊敬，被捧为大帝。亚历山大大帝带领众人东征西战，最终换来了世界和平。国泰民安后，市民的生活里仅留了游玩。

一天，亚历山大在殿内召集众臣议事。

“托上苍的福祉，如今我已两千岁。我爬上须弥山顶，潜入乳海之底，冲破艰险，镇压了群魔。如今我已名震四海，但依然难逃死亡的魔掌。”亚历山大皱着眉，痛苦地说道。

“我炼仙丹献给大帝。”红眉老臣说道。

“我栽永生之花献给大帝。”另一位大臣说道。

“我到天上去，祈求一些寿命来。”络腮胡黑脸大臣说道。君臣议事时，摇篮里的婴儿都已长大成人。最后他们决定：到暗界去求得令人长生不老的长生水。备好粮草后，亚历山大大帝带着他的十万大军，浩浩荡荡地向暗界出发了。

暗界在何方？何时能够到达？他们询问每一个路人，均未得到明确的答复。他们爬过一座座山峦，蹚过一条条河流，穿过草地和山林，一直在寻找。有一天，当他们在红遍的胡杨林里搭起帐篷休息时，从天边飞来一只神鸟，告诉亚历山大，暗界便是日落之处。亚历山大听后喜出望外。

他下令道：“大军今后要向西。遇山则铲平；遇水则备舟，握紧手中刃，不得有畏惧。”

寻觅长生水的十万大军浩浩荡荡地出发了。远行，对特洛伊人来说是幸福的。亚历山大自己也常说，生命的乐趣，在于行程。特洛伊人坚信，行则必达。行程中面对野猪、野牛和毒蛇的攻击，力大无比的亚历山大军队不曾有过丝毫畏惧。

大军走了九十九年，终于到达了暗界的入口。看到入口，大军一阵欢呼。安营扎寨后，亚历山大召集大臣，商议探暗界之道。

“暗界，定是多有险阻，应派个探马。”绿眼大臣说道。

“无需如此，生则同生，死则同死。”先锋大将说道。

“暗界漆黑无边，方向难辨，我们怎么回来？”又一员大将问道。

君臣结束商议时，摇篮里的婴儿都已长大成人。最终，他们达成了一致。亚历山大率先入内，十万大军紧随其后，先用鬃毛编绳，将绳的一端留在入口处，十万大军摸绳前行。商定完毕后，大家开始编绳。十万大军编了十万年，编出的绳已足够长。

他们把绳子的一端，系在位于暗界入口的巨石上。这是生命之绳。大家认为，只要手里握着绳，就能找到来时的路。亚历山大大帝带领全军备好干粮，握紧兵刃从入口向内望去。里面漆黑一片，什么也看不见；吹来阵阵冷风，令人瑟瑟发抖。亚历山大的十万大军浩浩荡荡地涌进了暗界。他们是光临暗界的首批亦是最后一批游客。后来有帝王、王公、英雄、好汉、山贼、绿林好汉前来探寻，均未找到入口。

黑暗，深邃的黑暗

凤凰展翅也飞不出的黑暗

十万大军用一只手握着绳，排队向前。休息、睡觉时，手也不肯松开。他们看不见彼此，却能听到彼此的声音。探险是亚历山大的兴趣所在，他向前走时信心满满。

“前方有闪闪的微光。”先锋队十夫长的喊声，立马让大家兴奋起来。

“发光的是宝石。暗界的宝石有魔力。如若不捡，定然后悔；如若去捡，更加后悔。”亚历山大朝他的军队说到。这句话，是在胡杨林休息时，一位当地的老者告诉他的。

士兵们走到宝石面前，有些人拾起碎小的宝石装兜里，有些人并没有拾。宝石光滑、冰冷。黑暗中，它们放射出的依稀光芒，犹如夜空中的星辰。借助宝石微弱的光，人们才看清了彼此。有些人，已是满头华发；有些人已是满脸胡须；有些人已骨瘦如柴；但他们依然很快乐。借助微弱的光，他们拿出干粮来美美地吃起来。亚历山大从皮包里拿出鱼干，准备张嘴咬时，手中的鱼干跌落在地上。亚历山大的脚下，流淌着一条浅浅的溪水。鱼干落入溪水中，竟摇头晃尾地活了。看到这一幕，大家都惊呆了。大家纷纷猜疑和喧闹：晒干多年的鱼干，怎么又成了活鱼？

亚历山大思忖片刻，兴奋地喊道："我们找到长生水了，这条小溪，便是长生水。"大家欢呼雀跃，暗界沸腾了。

亚历山大下令道："请在随身携带的碗里盛满长生水。但不能在黑暗中饮用。有人说，如若不然，会失去双眼。待到光明处，我们再饮。"

这是一条取之不尽的水。盛满了十万口碗，仍安然无恙。

亚历山大嘱咐道："大军顺着绳往回走。回程大约需要三十年，因此须加倍珍惜你们碗里的长生水。想得到永生，就须端平碗里的长生水。"

回程走了六十年，因为手中有绳，他们未损一员，平平安安地抵达了光明之处。可惜的是，碗里的长生水都洒尽了。大家都无比惋惜。路途太过遥远，太过漫长，尽管人们已加倍小心，但在黑暗之中还是洒尽了长生水。据说盛长生水，须用开口的容器，不能用密封之物。走了三年，他们碗中的长生水便已洒尽。正当大家沮丧时，最后一位走出黑暗的白胡子老兵说："我碗中还有长生水，将它献给大帝。"老兵一边说着，一边跪在亚历山大面前。

人们无比惊讶，无比开心。

"前行时，我并没有顾它，只想着如若能走出黑暗，便把它献给大帝您，结果碗中竟然还有长生水。"老兵说道。

亚历山大嘉奖了那位老兵。人们拿出从暗界拾起的宝石看，它正闪耀着九色的光芒。未拾宝石的人，开始后悔；拾了宝石的人，更后悔当初没有拾多些。

亚历山大与老兵、大臣们商量如何享用那一碗长生水。

老兵说："您当饮用，此乃天赐。"

先锋大将说："长生水可得不可饮。"

正当大家犹豫不决时，先锋队的那位十夫长说："如果饮了碗中的长生水，定会永生。而永生，本是痛苦之事。当您的朋友、亲人、子民纷纷弥留时，唯独您还活在世上。您的生活，将被巨大的孤独包围。"

亚历山大满意地笑道："那我与我的子民同生共死吧！"他一边说着，一边把长生水洒向天空。长生水在空中闪闪发光，最后落到了雪杉、松树和麻黄上。从此，雪杉、松树和麻黄变得四季常绿。亚历山大将手中的碗，也抛向空中。那口铜碗在空中铮铮作响，在目之所及处翻滚几下便消失不见了。亚历山大亦看得目瞪口呆。有人说，亚历山大抛出的铜碗至今还未落地，依然在空中翻滚，不知是真是假。此后，亚历山大带着十万大军回到了故乡。

后来部落之间的战争频发，瘟疫横行，特洛伊城渐渐消失，却留下了一个人。他便是亚历山大。他把碗里的长生水洒向天空之前，悄悄为自己留了一滴。这个秘密，无人知道。因为欺骗了他的十万大军和他的子民，亚历山大也受尽了折磨。安葬完特洛伊城的所有子民后，他因无法承受巨大的孤独，兀自朝东走去。后来他建立嘎达利王国，成了它的统治者章古来。

嘎达利人觉得，他们的气数、生命、欲望与悲欢，皆与自然有逃脱不开的关系。所以在嘎达利王国，自然是人的延续，人亦是自然的延续。其实章古来早有预料：奥德来树开出色如雪，味如血的花，定是恶兆。

章古来说："嘎达利王国在巨蛙之背上，此话不假。当须弥山还是一座矮小的山丘，当乳海只是一片泥泞的湖沼时砸到这里的巨型陨石，给这里带来了来自外星的生命。奥德来树，就开在巨蛙之背上。"

勇士斑布来回忆起自己在"盟约之山"听取蛙声的情形。

"酋长，把那只巨蛙挖出来会怎样？"斑布来好奇地问道。

"不可能。巨蛙只抖动一下身体，世界就将毁灭，万劫不复。巨蛙马上就要结束它的冬眠了。这是一件可怕的事。只要它抖动一下，世界就会毁灭，我们都得死。”酋长意味深长地说。

“嘎达利王国也会就此灭亡?”

“未必。其实可以救嘎达利于巨大的危难。而这个艰巨又伟大的任务，须由勇士你来完成。只有你，才能解救嘎达利王国，解救嘎达利佳人、子民的生命和它漫山遍野的牲畜。”章古来一边说着，一边朝斑布来投去充满信任的目光。

勇士斑布来一跃而起，他说道:“为了嘎达利，我在所不辞。让我上天我便上，叫我入地我便入。为了嘎达利的诸位佳丽，我可以赴汤蹈火。”

章古来酋长满意地笑道:“现如今，嘎达利需要三件宝物。”说毕，他又不急不忙地解释道:“玉玺、宝剑和长生水。只有这三件宝物，嘎达利王国才能拥有永久的幸福与和平。玉玺，象征权力，此物用来维持嘎达利王国的社会秩序；长生水，是生命，此物用来巩固嘎达利的人丁兴旺；而最急需的，乃是宝剑。是时候在‘盟约之山’上插一方宝剑了。‘盟约之山’，是巨蛙的前额，只有插上一方宝剑，才能防止它乱动。”

勇士斑布来焦急地问道："这三件宝物，如今在何处？"

酋长章古来说道："皆在人世间。玉玺在乳海最深处；宝剑在须弥山之巅；长生水在暗界。为这三件宝物，我先后派了好几员大将，他们都是有去无回，不知是死是活。"

为了嘎达利王国的权力、威望与生命，勇士斑布来开始了认真的准备，他选择了远行。翁白姑娘心碎至极。一想到她的勇士要离她而去，她便哭泣不止。勇士斑布来发誓，他定会在九年之内平安归来。斑布来身上带着利刃、弯刀、弓箭、布鲁、榔头、皮鞭、肉干和酸马奶，又从酋长章古来的马群里遴选了几匹良驹，朝着日落之处出发了。酋长章古来和翁白姑娘，以哈日来、宝如来为首的嘎达利子民，皆来为勇士送行。

日落之处，横着扎尔古岱沙漠。那里树木郁郁，草色葱葱，挡住了勇士的前路。据老人说，这扎尔古岱沙漠与天边相连，常有野猪、野牛、毒蛇、豺狼出没，困难险阻不在话下。扬言要穿越它的嘎达利勇士，无一人归来。他们到底葬身于扎尔古岱，还是与西域妩媚女乐不思蜀？不得而知。凡前去的勇士，皆是有去无回。因此，关于扎尔古岱沙漠、西域妩媚女的传说，也多了几分神秘色彩。

乳海、须弥山、暗界在何处？勇士斑布来问苍天，问大地。苍天不言，大地不语。所有勇士，的确可以为了嘎达利子民的权力、威望和生命，不畏险阻，勇往直前。郁郁的森林、葱葱的草木，凶猛的野兽挡住了诸位勇士的前路。在无边无际的山峦、沙丘、森林、草滩上，嘎达利王国的勇士斑布来正逆着阳光，在独自前行。大自然给予了勇士斑布来生命的能量，他日出而行，日落而息。他依靠大自然的恩赐采撷野果、捕捉猎物充饥。对于嘎达利的子民来说，大自然是他们的母亲。他们笃信，生命、身躯、智慧，现有的一切都是大自然所赐。

日暮时分，勇士斑布来走进了一片胡杨林。原来这是一处树木郁郁，草色青青的绝佳密林。他卸下坐骑浅黄马的马鞍，安放在腐树根上，开始烤黄羊腿吃。脍炙的香气，袅袅上升，消散在空气里。他饱饮蔚蓝的泉水后，抬头仰望，只见一轮皓月挂在夜空。

勇士斑布来枕着马鞍沉沉地睡去。他的爱骑浅黄马，在不远处吃着草。万籁俱寂，远处偶有狼嗥声。

轰隆隆，轰隆隆。这声响，像山崩似地裂。斑布来从梦中惊醒。他的爱骑正在疯狂地围着主人转，同时以蹄刨地，发出啸鸣。斑布来趴在地上，聆听来自大地的声音，大地发出轰隆隆的声响，声音从远处传到了他的耳朵里。斑布来断定，巨大的危难正在来临。

后人的三种猜测

后来亨土什洼地的文物陆续出土，它告诉我们，去寻找玉玺、宝剑和长生水的勇士斑布来没有回来。或许，时至今日他还在天边打马驰骋。

因为巨蛙作祟，那一次毁灭性的危难过后，嘎达利王国从世界上消失了。

得到永生的亚历山大——统治者章古来不知此时流浪于世间的哪个角落。

图书在版编目（CIP）数据

飞鸟集：一段天边的浪漫故事 / 满全 著；海日寒 译．—北京：东方出版社，2022.8
ISBN 978－7－5207－2815－7

I. ①飞…　II. ①满…②海…　III. ①叙事诗－中国－当代　IV. ① I227.3

中国版本图书馆 CIP 数据核字（2022）第 094198 号

飞鸟集：一段天边的浪漫故事
（FEINIAO JI YIDUAN TIANBIAN DE LANGMAN GUSHI）

作　　者：满　全
译　　者：海日寒
责任编辑：忽晓萌
封面设计：汪　阳
出　　版：东方出版社
发　　行：人民东方出版传媒有限公司
地　　址：北京市西城区北三环中路 6 号
邮政编码：100120
印　　刷：北京中科印刷有限公司
版　　次：2022 年 8 月第 1 版
印　　次：2022 年 8 月北京第 1 次印刷
开　　本：880 毫米 ×1230 毫米 1/32
印　　张：6.125
字　　数：90 千字
书　　号：ISBN 978－7－5207－2815－7
定　　价：68.00 元
发行电话：（010）85924663　85924644　85924641
